散文公社书系

百花
散文

秦淮水骨

QIN HUAI SHUI GU

叶 灵

/

著

天津出版传媒集团

百花文艺出版社

图书在版编目（ＣＩＰ）数据

秦淮水骨 / 叶灵著. -- 天津：百花文艺出版社，
2015.2
ISBN 978-7-5306-6645-6

Ⅰ. ①秦… Ⅱ. ①叶… Ⅲ. ①散文集–中国–当代
Ⅳ. ①I267

中国版本图书馆 CIP 数据核字(2015)第 031436 号

选题策划：刘　洁　　装帧设计：蔡露滋
责任编辑：刘　洁　　责任校对：魏红玲

出版人：李勃洋
出版发行：百花文艺出版社
地址：天津市和平区西康路 35 号　　邮编：300051
电话传真：+86-22-23332651（发行部）
　　　　　　+86-22-23332656（总编室）
　　　　　　+86-22-23332478（邮购部）
主页：http://www.bhpubl.com.cn
印刷：天津市永源印刷有限公司
开本：787×1092 毫米　1/16
字数：173 千字　　插页：2 页
印张：15.25
版次：2015 年 2 月第 1 版
印次：2015 年 2 月第 1 次印刷
定价：38.00 元

目录
Contents

下辑/吟唱

序

造有我之境

——《秦淮水骨》序

何　弘

因工作关系，凡河南作家，不论是名震天下的一线大腕，还是初露头角的文坛新秀，作品虽不能部部精读，但大都有所涉猎。以前，偏重小说多一些，这些年，因为参与每年度的华文散文排行榜等散文奖的评选，也系统地读了不少散文作品。同时，为诗歌学会、诗词创新研究会等顾问的头衔所绑架，诗歌界、诗词界的活动也屡屡参加。这让我有了一丝不知天高地厚的狂妄，自以为是普天之下读当代河南作家作品最多的人。但一次次的事实证明，总有些才华横溢的新人是自己不熟悉的，总有些质地极好的作品是自己没读到的。所谓"书有未曾经我读，事无不可对人言"，确是我真实的写照。

听说过叶灵这个名字，在李敬泽主编的 2011 年《中国散文年选》、乔叶主编的《抚摸汉朝》等选本中见到过她的作品，也在《山花》《黄河文学》《散文选刊》《散文百家》《莽原》《福建文学》《山东文学》《四川文学》等刊物及散文选本中零星读到过她的作品，但印象中似乎从未谋面，也不知道她就是那个叫郑毅的散文写作者，对其人其作更缺乏全面深入的了解。最近，她准备出版一部新散文集，便将一摞厚厚的书稿拿来，想让我为之作序，这才系统地读了她的三十余篇作品。

散文写作在文学各体裁的创作中，相对门槛较低，大凡无法用小说、诗歌、报告文学等来归类的文字，都可称为散文。所以我们看到，各行各业的人，见到花开叶落，遇到人情世故，读书有点心得，旅游多点见闻，每每形诸文字，便称之为散文。如此一来，创作散文者自如过江之鲫，不可胜数。这些散文作品，水平固然参差不齐，但有这么多人愿意用文字来表达，肯定是一件好事。不过，散文写作入门容易，登堂极难。因为散文写作实不是靠写作技巧的学习就能达到较高境界的。散文之妙，一在语言，二在境界。语言靠才情，境界靠修养，勉强不来，欲速不能。现在的年轻人写散文，好"文艺腔"者众，且常以此显示才情，殊不知此类文章看多了极易让人生厌。

但叶灵在散文写作上正如其名字，是有灵性的。她从事散文写作的时间并不长，严格来说是从 2008 年开始的。最初，她也和大多数初事散文写作者一样，写身边的景物、事件、人物，表达自己的感悟、情绪和理想。这类散文看起来很容易写，而事实上是最吃工夫的。我们通常看到很多初学者写的这类散文，基本上都是写某种花某种草,或写某种景某件事,然后抒发点感想感悟,就算完事。这类写景状物抒怀的散文,要说也是中国散文的一个传统,中国新文学中的《白杨礼赞》《荔枝蜜》等,更是将此一传统发挥到了极致。但这种散文要想写出新意、开辟出新境界来,则难之又难。于是我们看到的多数此类散文,除了"文艺腔"外,剩下的都是些尽人皆知的常识。叶灵的好处是,她从散文写作之初,就跳出了这种窠臼。她通常把自己置身事件中,写自己的所见所闻,写自己的真情实感,有情节、有细节,因而作品读起来就显得自然、亲切、生动。这些作品被叶灵收在了作品的下辑中,并被命名为《吟唱》。集中阅读这些作品,比如《向往与另一个向往》《远行》《客居在城市的泥土》《落在他乡的草籽》等,可以明显感觉到,叶灵通过对自己行走和经历的描述,表达了对于乡土、自然难以割舍的眷恋。应该说,对很多作者来说,不管是否有切身的感受,都会发乡愁之感、家国之思,原也没什么稀奇。但叶灵的好处是,她善于通过对事件及其环境的描述,来揭示自己和相关人物的生存状态。换句话说,叶灵是一个善于叙事的散文写作者,她的散文总是在以自己的视角展开的叙事中,很好地表达了个人化的经验。通常,我们认为小说是经验的表达,其实散文,甚至诗歌,又何尝不是如此。因此,叶灵散文的一个突出优点或者说特点,就是她善于叙事,能够以置身其中的方式表达个人的经验与感受。

应该说,叶灵的散文写作从一开始就走上了一条相对很正的路子。这使她的散文很快就得到了很多编辑的欣赏,于是有不少作品不断地在一些专业文学刊物上发表。但叶灵并没有沿着这条路一直走下去,很快,大约从2009年开始,她被历史文化吸引,似乎由此走进了一个新世界,精神也有了归宿之感。于是,她很自然地开始了历史散文的写作。

余秋雨以降,以历史为主要表现内容的大历史散文红极一时,历久不衰。这种历史散文的一个主要特点是把小说叙事的手段引入散文写作中,以再现历史事件、人物和场景,从而极大拓展了散文的表达手段。这样的散文写作,往更远处追,我以为可以上溯到黄仁宇的《万历十五年》,这部历史著作对散文写作的影响似乎远大于对历史研究的影响。这类散文写到后来,作者几乎消失,客观化叙事贯穿整个文本,因而与小说的界限变得模糊不清。叶灵的历史散文写作,继续了她善于将自己置身其中进行叙事的特点,总是在行走中触摸历史,在触摸中感受思考,从而使历史与现实得以很好地交融,或者说,历史与现实在此展开了充分的交流。我以为对散文写作而言,这是一种良好的表达方式。叶灵历史散文的另一个特点是她能够以女性特有的细腻来感知历史与文化,表达出来便有了一种别样的个人化的视角和风格。这些历史散文即散文集上辑《行走》所收的作品,其中的《秦淮水骨》《绝唱》等,都是处理得很好的作品。从"行走"二字也可以看出叶灵处理历史内容的方式。

有了女性的细腻,叶灵的散文自然而然就有了一份水灵,因而清新隽永;有了对历史文化的认知与思考,其散文又多了一份知性的力量和文化的厚重。二者的有机融合,成为叶灵散文的特点和优点。之所以有这一切,正是因为有"我"的介入,因为能置身其中,叙事就有了温度,感情就来得真切,体悟就来得深刻,文章自然就有了别样的境界。

　　拉拉杂杂，谈了叶灵的作品，也谈了自己对散文的认识。借题发挥，权以为序吧。

秦淮水晋

上辑 行走

秦淮水骨

　　已是入夜,我还未来得及卸下旅途的困顿,就循着那浓浓的胭脂香味,登上了秦淮画舫,去寻访秦淮河那千年的繁华与没落。我试图从那些湮没的风尘痕迹中找到些许注脚,来解读心头深藏已久的迷惑。

　　秦淮两岸,亭台楼榭,霓虹闪烁,烟水迷蒙,画舫流彩,人影熙乱。岸上,是一个充满现代气息的繁华都市。河中,流影斑驳,是一个似幻亦真的迷离世界。桨橹轻轻摇起,水中的画面瞬间成为一片碎影。渐渐地,夜已深,喧嚣渐趋于寂静,河面上,那个亦真亦幻的画面又悄然浮现,几百年前属于这块灯红酒绿的六朝金粉之地的繁华胜景,又重现于眼前。

　　来到秦淮,就不能不想到那个繁华时代的形象代言人,秦淮八艳。有人说,天地间所有的灵气仿佛都钟情于晚明秦淮河畔的这些歌妓。秦淮八艳美丽多情，才华横溢。她们赶上了那样一个时代，不知道是一种幸运还是一种厄运。她们在那个时代里谋生，也谋爱，她们一路颠沛流离，最终只有伤痕累累而去。

李香君就是生活在秦淮岸边，长板桥头的水榭歌楼。她是一个容貌秀丽、才华出众的秦淮歌妓，犹如秦淮河畔一颗璀璨的明珠。三百年来，李香君的名字一直被人们传唱着，成为萦绕在秦淮河畔的一缕贞骨倩魂。

一个生活在社会底层的烟花女子，竟如此受人敬仰与惦念，我想不仅仅在于她绝艳的花容与超群的才气吧。

秦淮河畔的亭台楼榭与河面的流光溢彩交相辉映，恍惚间，我在这段时空中来回穿梭着。忽然，一阵微凉却彻骨的清风拂面而来，我不禁一惊，莫不是李香君那把绢扇轻挥而来的清风？隐约间，李香君的盈盈倩影从媚香楼姗姗而出，映在河面上，被水波荡漾着，与流水相融着，随即向远方汩汩流去……

我站在岸边怔怔地望着。

此刻，从头脑中突然莫名蹦出了"水骨"这个词语。或许，水原本是没有骨头的，而李香君留下的那绰约清影，却仿佛使这秦淮河有了永远的脊梁。

一

说起秦淮河，古今对这条河评头论足的文字是多之又多了。不知是秦淮的河水滋养了秦淮歌妓，还是秦淮歌妓的胭脂熏香了这一河悠水。就在这河暖暖软软的香风中，竟也熏出来一些琴棋书画诗艺样样精通的角儿。李香君，便是秦淮河畔媚香楼里的名角儿。

一早，我特意去拜访李香君。在夫子庙秦淮南岸的钞库街38号，来燕桥的南端。十里秦淮，古时南京城繁华之地，明清两朝达到鼎盛。这一带是古时南京的红灯区，旧时秦淮河两岸妓院林立。行走在喧嚣的街市上，这里繁华依旧，只是此繁华亦非彼繁华了。眼前，那些旧妓院当然早已不复存在了，但遗留下来的这些建筑，还依稀可辨当年的些许风韵。李香君故居就湮没在这一片仿古民居内，一点也不起眼。

坐落于秦淮南岸的媚香楼，小巧玲珑，典雅质朴，临水而立，依然可现当年明清江南民居的风貌。这是一个三进两院式砖木结构宅院，两层木楼，内嵌楼梯直通到二楼。阴面是通道，隔窗便是秦淮河了。

站在楼上凭栏而望，烟水澄碧，画舫织彩的秦淮河尽收眼底。我极目远眺，仿佛看见歌妓袅娜的身姿正在画舫翩翩起舞，或正倚在阁楼的窗子边低头抚琴低吟，那圆润的歌声仿佛依稀传来……是啊，这里处处可以触摸到当年生活的痕迹和印记。当年，就在这墙边，李香君曾经多少次偎依在侯方域的臂弯里，远眺画舫，近观游船；对岸的红楼绿树，白墙黑瓦，桥上的车水马龙，行客匆匆；还有远处的丝竹雅歌，夜晚的桨声灯影……这些，曾经多少次激起他们的灵感诗兴，他们在这里一起吟诗作赋？当年的李香君，又有多少人渴望能在窗口一睹她的风采，她又有多少次不知不觉中作了这景中之景？

八岁的李香君，就被人送到了媚香楼。几年的青楼生活，李香君在这胭脂香味的熏染下，已经出落得艳美多才，琴棋书画歌舞，被李大娘调教得样样精通。性情上也熏染了李大娘的豪爽侠气。更令人可敬的是，她虽身居媚香楼，但不为旧院恶习所染，举止端庄，清纯脱俗。她没有辜负养母的一番用心，南京城里，最给媚香楼撑脸面的就是李香君了,时人誉之"香扇坠",当时四方之士以争得一面之识为荣。十六岁那年,画家杨龙友为她作画,才得知其年幼无号,便根据《左传》中"兰有国香,人服媚之"一语给她取名为"香君"了。

在晚明,以歌伎为友的时尚在当时已成为一种风尚。晚明的歌伎大多是青楼才女。不俗的才能也许是她们吸引士人的魅力所在了。处于职业的风气之中,李香君也不例外。李香君知道自己出身卑微,她潜心学练琴棋书画歌舞,企图从这种过于女性化的环境中摆脱出来。是的,多少个夜里,寻常人家的寻常之乐,不知多少次曾无端侵扰着她的梦乡。

这养母李贞丽仗义豪爽又知风雅,所以媚香楼的客人多半是些文人雅士和正直忠耿之臣。时日久之,李香君也耳濡目染,对当时的时局多少有些了解。

就这样,在秦淮河边的媚香楼里,李香君的人生之剧也徐徐拉开了帷幕。

二

踏着楼梯,我拾级而上。二楼据说就是当年李香君的生活场所。通道尽头就是卧室。雕花的木床上,低垂的帘帐后,锦被依旧成双,香枕依旧成对,只是一切人去物非了。

屋子里的方桌和木椅,桌上的铜镜和梳妆匣,墙角的铜脸盆和木盆架,都一一静静地摆放在那里。我看着如此简单的家具,耳畔不由响起了李香君却奁时掷地有声的豪言:"官人是何等说话!阮大铖趋附权奸,廉耻尽丧,妇人女子,无不唾骂。他人攻之,官人救之,官人自处于何等也?""脱君衫,穷不妨;布荆人,名自香。"……

如此"厚礼",却被李香君断然回绝。如此胆识的女子,确非一般的俗女子。在金钱权利的诱惑下,李香君比一个男子还要清醒,金钱和尊严孰轻孰重她掂量得出。她断然却奁,都是为了保全侯方域的名声。李香君爱侯方域,并非仅仅因为侯方域的风流倜傥、富有才学。她更看重的是侯方域身上的那种家国忧患意识与情怀。而现在,为了保全侯方域的名声,区区奁妆又能如何?

李香君并不知道,就是从这却奁开始,阮大铖恼羞成怒。从此,政治的旋涡已向她悄然涌来。

不觉间我漫步到书房,桌椅犹在,诗稿早已不存。这里,曾是侯生复社文人聚会的地方,虽为陋室,往来却皆高雅。就是在这不大的房间里,曾留下侯、李恩爱的身影,他们的爱情,他们的甜蜜,他们的点点滴滴……书桌上,那柄白绢面宫扇悄然入眼,我的心里猛然一震,桃花扇!扇面上灼灼的桃花虽然红艳不再,但却有丝丝豪气直逼而来。

我走近细看,只见上面题赠七言绝句一首:"夹道朱楼一径斜,王孙初御富平车。青溪尽是辛夷树,不及东风桃李花。"是啊,这是李香君和侯方域新婚定情之物。

那个惊心动魄的一幕又浮现在眼前。

李自成的起义军攻下北京,阮大铖一伙从此鸡犬升天。侯方域为了躲避阮大铖的迫害迫不得已离开了南京。阮大铖为了讨好弘光皇帝器重的红人史田仰,就派人前往媚香楼逼婚于李香君。李香君毫无商量余地一口拒绝,最后她宁为玉碎,不为瓦全,头碰楼梯,血溅诗扇。后友人就红艳的血迹点染成几枝桃花,正所谓"桃花命薄,扇底飘零"。

自古以来,青楼女子被称为水性杨花。但眼前这个风尘弱女子,竟如此刚烈大义!

　　没想到，一祸未息又起一祸。命运的黑手对李香君并没有善罢甘休。李香君的伤刚痊愈后，阮大铖就立即打着圣谕的幌子，将她征入宫中充当歌伎。

　　这一招李香君着实无法抵挡，她一个青楼女子，哪里敢违抗圣上呢！宫门一入深似海！可此时战事正紧，书信根本无法送去。带着无限的眷念和遗憾，李香君怀抱着那把鲜血画成的桃花扇进了皇宫。在宫廷里，李香君更清楚地看到了阉党集团的狰狞面目和丑恶本质。然而，她依然用柔弱的身躯冒着生命危险坚持着最后的操守：

　　　　堂堂列公，半边南朝，望你峥嵘。出身希贵宠，创业选声容，后庭花又添几种。把俺胡撮弄，对寒风雪海冰山，苦陪觞咏。

　　　　东林伯仲，俺青楼皆知敬重。干儿义子从新用，绝不了魏家种。冰肌雪肠原自同，铁心石腥何愁冻。吐不尽鹃血满胸，吐不尽鹃血满胸。

　　这两支曲子，今天读来依然令人动容，酣畅淋漓。如果李香君单为了个人的冤苦和不幸而泄私愤，那么，这两首词曲会顿然失色的。然而，令人敬佩的是，李香君从国家民族的兴亡存废出发而痛心疾首。一个青楼女子，竟有如此开阔的胸襟，如此刚烈的勇敢，这精神这行为，羞煞了多少奸臣贼子，惭愧了多少文臣武将！这个女子，令人荡气回肠，肃然起敬！

　　但让人可悲的是，李香君忠心卫护的明王朝，看上的并不是她的高义节操，而是她那可怜的色相。李香君的一腔热血就这样被贼子权臣们糟蹋，这岂不是明理识义的李香君最深层的悲哀吗？岂不是那些忠心为国的良将志士们最彻骨的悲凉？"桃花扇底送南朝"，南明王朝远去了，徒留下一些故臣遗老们的哀叹感伤。

不久后，清兵攻下扬州，直逼南京，弘光帝如丧家之犬闻风而逃，南京城不攻自破。此时，李香君随着一些宫人趁着夜色逃出了牢笼，等她踉踉跄跄地来到秦淮河畔，媚香楼早已隐入一片火海之中了。

茫茫火海，国家没了，爱人散了，身心憔悴的李香君该走向何处？

三

李香君，27 岁就香消玉殒了。而掩埋那一抔净土究竟在何方，至今仍是一个谜。

有人说，李香君随侯方域回归故里河南商丘，不为侯家所容，别居于村外十余里处，不久抑郁而终。有人说，李香君终不能原谅侯方域变节降清，栖霞山保贞寺便成了最终的归宿。如今，栖霞山葱葱郁郁，钟声响鸣，可是保贞寺早已不存，仅有几片瓦砾，一段残垣，还有一座荒草覆盖的土丘传说就是香君的坟墓。香君，你与侯生一段风流佳话闻名遐迩、流传千古，可你最终魂归何处？

香君，我知道，当年你为侯生守节何其难也！多少个白昼，你眼望长空，徒问过往大雁；多少个黑夜，你又独对孤灯，空垂相思清泪；多少次数尽秦淮河上帆影点点，多少回望断阳关路上车马纷纷。为了忠贞的爱情，你得罪权贵，险些丧命；为了忠贞的爱情，你隐居栖霞数载，乞求佛祖，保佑侯生平安归来。

可当他出现在你面前时，却已经不是你心中的侯生了。香君，你苦苦等待的不是一个不畏强权，一心想挽救国家和民族于危亡时刻的才华横溢的公子,而等来的却是一个丧失了气节的清朝官吏! 情何以堪?绝望悲愤之情无以言表。

李香君你最终只能也只有选择了入道,选择了一种别样的人生归宿。爱情本是你最初的人生追求,你的爱情,是出自对复社文人的敬重。而你的出家,却并非出于对道家的虔诚和对红尘的看破,而是对复社变节文人与现实社会的失望! 在经历了人间沧桑、世态炎凉之后,你寻求一种精神上的解脱,也许,只有远离红尘,才是人生的乐土,才能再将生命的根安顿下来。

一个生活在社会底层的风尘女子,就是这样如此的敢爱,敢恨! 她虽生逢乱世,如同浮萍,却有比男子更不屈的柔骨。虽然,命运最终以悲剧告终,但是,正是有了许许多多像李香君一样的人,那个黑暗的时代,才化作了永恒的过去。

四

坐在厅堂外台阶上,我面对香君的石像,她无语,只是手执纨扇,微笑地依靠在假山上。

香君,你似乎已经参透了世间所有的炎凉,就这样淡然地笑着,笑淡了多少红尘往事,还是这样默笑无语。媚香楼前的对联"小字噪秦淮万种风情柔似水,丹心照青史一痕血迹艳如花"和陈列馆大门口的对联"花容并玉质,侠骨共冰心",是后人对你一生的评价,对于这身后美名,香君你是否也是一笑处之?

此时,院子里人影稀少,一片寂静。香君,不知此时的你寂寞吗?就这样,你独守着一份安宁,执着于一份痴情,生前身后对你都是最好的生活方式。只是媚香楼外已经是另外一个世界了：满街穿着时髦的游人，穿梭行驶的豪华汽车，还有打着你的招牌的"香君旅游购物中心"。你玉足曾经踩踏过的石板路，如今已是平展的水泥路；你曾经登过的画舫现在也已经换成电动的了；昔日的花街柳巷，如今成了商业化的闹市。出了你的闺阁旧屋，置身于人潮涌动的商店酒楼，你恐怕也会迷失方向！

我要离开了，心头沉淀着难以排遣的伤感。是的，一曲才子佳人的悲欢离合，在历史潮流的涌动中，也只能成为一种载体。他们的爱情，载着如此沉重的历史，终究也是要成为悲剧的。这难道仅仅是李香君与侯方域的悲剧吗？

侯方域不过是复社诸公子的一个代表，李香君也只是柳敬亭、苏昆生一类江湖义士的一员。

那段不可忘记的历史云烟，又扑面而来。

公元 1644 年，清军连破数城。李自成的起义军攻下北京后，崇祯皇帝自缢殉国，福王朱由崧在一帮旧臣的拥护下，在南京建立了弘光新皇朝。按理说，国难当头，理应励精图治，才有可能力挽狂澜。可遗憾的是这弘光皇帝，昏庸无能，不看国难当头，不思治军理国，反而整日沉醉在声色享乐之中。阮大铖一帮权士只知窝里斗，南京最后只能落得个不攻自破的结果了。

也许，临难不苟的风尘女子以柔弱之躯去勇于承受这悲剧，也便成了秦淮河畔一曲悲壮的绝唱了。有人说，能够用一生的时光成就辉煌梦想的人，是留给凡人崇拜的。我想，李香君应该是这样的一个人。

也有位诗人这样写道：

你的扇子是风的骨头

你的影子是水的骨头,

至于你的名字

是那一段历史的骨头

…………

深夜,我依旧驻足在秦淮岸边,打量着这里的每一处角落,仿佛每一处都还弥漫着李香君的气息。终于,周围的一切喧嚣都归于寂静了。秦淮岸边,清冷的风掠过耳际,那一袭娉婷的清影仍固执地旋流在河水当中。我知道,匆匆流逝的是被我们称之为历史的一种虚幻而真实的东西,其间就包括了南明这段转瞬即逝让人深思的历史。只因了一个温柔而刚烈的名字,让我们不得不翘首仰视。

清冽的风依然扑打在脸庞,让我愈加清醒。

李香君就是南明的一截硬骨头!她的骨是炽热的,不知曾温暖过多少文人骚客的笔尖;她的骨又是犀利的,曾几何时,把南明的历史毫不留情刺得血迹斑斑;她的骨又是坚硬的,几百年来,历史的风雨都不曾侵蚀她的风华……

我知道,这骨,这骨中的一切,与地位无关,与性别无关,只与你我有关!

回头再看秦淮河,此刻,我已不再迷惘,因为我找到了注解。

关于一把扇子,一朵桃花,一条河流,一段历史的全部记忆。

沉睡的王朝

我一直认为，在华夏文明漫长的历史长河中，秦帝国显得霸气太重，唐宋的风流文采掩盖不了武功的孱弱，真正能称得上王朝的时代，就是大汉王朝。

两千多年的时光流逝，湮没了那个王朝的痕迹。让人欣喜的是，汉王朝把它赫赫的辉煌留在了南阳。

一

公元 2013 年 10 月，我来到了南阳。

在我的脚下，埋藏着一个镂金错彩的汉王朝。我所有的生命基因和文化密码都与这遥远的汉王朝息息相关。作为他的后人,不知道这千年之后的探访能否触摸到汉王朝的脉搏与灵魂。

"于显乐都,既丽且康!陪京之南,居汉之阳。割周楚之丰壤,跨荆豫而为疆。体爽垲以闲敞,纷郁郁其难详。"这是张衡眼中的南阳,繁华而富丽。

眼前的南阳厚重而大气,没有车流熙攘的喧嚣拥挤,没有让人感到压抑窒息的高楼丛林。贯穿于市区的白河让这座城市增添了更多韵致。随处可见"三顾茅庐""百里奚"等诸如此类的街名店名,古朴之中混杂着现代气息迎面扑来。这若是放在别的城市倒成了一个蹩脚的手法,而在南阳,则成了一种很妥帖的点缀。

南阳位于伏牛山之阳、桐柏山之阴的盆地,南蔽荆襄,北控汝洛,加上土地肥沃气候湿润,是块天府之地。西汉时,就与洛阳、临淄等古都齐名,成为五都之一。到了东汉,光武帝刘秀发迹于南阳,他的二十八个部将中就有十多个是南阳人,分封在南阳的侯王就达四十七人。在南阳,皇亲国戚不能尽数,王侯将相宅第相望,"士女沾教化,黔首仰风流","南都""帝乡"的美誉便由此而来。

名传千古的武侯祠,承载着千年的历史底蕴;万世敬仰的医圣祠,今天仍泽被着天下苍生,更不用说随处一个街名店名所不经意间散发出的文化味。踏在这片土地上,每一脚下去都会渗出些许大汉的气息。

现代生活的繁华与外来文化的侵蚀,人心日益浮躁,传统文化与精神信仰渐行渐远,内心的软弱和心灵的枯竭常使我感到一种文化无力感。面对赫赫的大汉王朝,我满怀愧疚,如一个懵懂的孩子还知之甚少,来到这里,是一种灵魂的救赎。

大汉王朝编织的绮丽梦想,终被时空化为黄土下的沉寂。

　　惊醒这沉睡一梦的是 1931 年偶然的一场暴雨。这年夏天，一场冥冥注定的暴雨，使滚滚白河水冲上堤岸，在南阳城西南十八里草店村附近，竟然冲出了一座汉墓。墓中的文物早已被盗抢一空，只剩下这些搬不动的刻有许多图案文字的墓石。

　　一石惊破千年魂！一个王朝的心跳从此清晰而有节奏地传来。这些朴拙而丰富的线条和文字，让一块块冰冷的石头有了温度与生命，它们娓娓叙说着先民们的劳作生息与生老病死，述说着那个时代的精神追求……随着这些汉画像石出土愈来愈多，大汉王朝渐渐呈现出它的瑰丽风姿。

　　汉画像石艺术的最初发展，是缘于深层的社会文化。汉朝尊崇儒术，崇尚孝道，推行以孝治天下。"举孝廉"制度就始于汉朝，那些被当地推举为"孝廉"的人，才可以到朝廷做官。日常生活中，不仅要对老人悉心照顾，死后还要进行厚葬，以表孝心。因此"生不极养，死乃崇丧"的厚葬之风的盛行也就是理所当然的事了。《盐铁论·散不足》有"今生不能致其爱敬，死以奢侈相高，虽无哀戚之心，而厚葬重币者则称以为孝，显名立于世，光荣著于俗，故黎民相慕效，至于发屋卖业"。

　　汉代葬仪讲究"视死如生"，不但要把人生前所用物品带入墓中，修墓时还按照现实生活中房屋的模式来建造，有休息的地方，有放东西的地方，甚至还有厕所，他们在冥间还要延续着生前的生活。

　　眼前这幅《出殡奔丧图》，就真实再现了当时贵族车骑出行奔丧的盛大场面：画上第一人身旁植有柏树象征墓地，第二位骑马的人手中拿着招魂用的幡。驾车的马昂首奋蹄，而车上乘坐的人物则平稳安静。前面的辂车完全写实，而最后一辆车后半部分却被虚掩了起来，虚实相生，让人想象着后面还有好多车辆，队伍浩荡而来。

《盐铁论》中对南阳经济早有"商遍天下，富冠海内"的赞叹。两汉时南阳的冶铁业发展已经相当繁盛，巨型犁铧和大型犁铧等先进农耕工具随之推广，一些大型水利工程的修建，为小农经济发展提供了优越的条件。农业生产的发展促进了人口的急剧增长，手工业、商业也迅速繁荣，社会经济发展如虎添翼，这些都为厚葬之风奠定了丰富的物质基础。

南阳的国戚豪强、巨户富商并不满足于生前的荣华富贵，死后还想要在阴间继续奢侈享受。他们就用雕刻有画像的石材来营造冥宅大墓。汉画像石也随之发展成为一种独特的石刻艺术，"举凡意之所向，神之所会，足之所至，目之所睹，无往而非汉石也"（《南阳汉画像汇存》）。先民创造的这种纯粹的本土造像艺术，就像它所处的时代一样波澜壮阔，在东汉时达到了鼎盛，为中华文化涂上了最为炫目光彩的一笔。

只是，这些皇亲贵族，他们当时绝对没有想到，他们用巧取豪夺的钱，来建造这冥宅大墓，这些穷奢极欲的见证，千年之后，竟成了一个伟大王朝的"历史缩影"，一部无言的"石头史诗"，足以让人沉思。

秦所修建的长城，如一道铜墙铁壁，曾有效防御了北方游牧民族骑兵的袭击，使农耕文明得以独立而平稳地发展，长城也成为中华民族辉煌历史与文化的象征；隋朝开凿的大运河，如滔滔不息的血液，奔腾于中华大地的南北，让中华民族第一次真正地融会贯通。巨大的工程耗尽了帝国的民力和资源，帝国因此加速了灭亡，但留给后世的却是无比巨大的财富，今天我们还在享受他们的福祉。我常习惯于苟责他们的残暴和昏聩，但是今天，我却深深感到了自己的肤浅和单薄，我似乎并不具备点评历史的厚度。历史有时并不是可以简单判断的。

二

高耸的汉阙在辽远天际的映衬下,蔚为壮观。一堵厚重古朴的大理石墙壁上,雕凿着郭沫若题写的"汉画馆"三个遒劲大字,透出几分汉隶风范。往前,就是雄浑庄重的仿汉建筑展览厅了。

东汉大型圆雕——天禄、辟邪静静地站立在展览大厅中央,它们前腿直立,后肢弯曲,虎头凤尾,龙爪麟目,两腋生翅,昂首向天,古朴豪放。这两尊石兽原为汉代太守宗资墓前的镇墓之兽,现为镇馆之宝。古人把它们对置于墓前,即有祈护祠墓、冥宅永安之意。千余年来,天禄、辟邪默默地守着古老的承诺。

巍峨的重楼高阁,威严对称的汉阙,骈驾飞驰的轺车,满案的山珍海味,热闹的酒筵歌舞,成群结队的奴婢侍从,紧张激烈的骑射畋猎……从生产劳动到社会生活,从建筑艺术到天文地理,从耕作劳动到舞乐百戏,汉代热烈而奢华的生活气息,扑面而来。

贵族阶层生活的鼓乐宴飨,随处可见。眼前这幅画像上面两人在击鼓奏乐,下面食案上摆放着蒸鱼、烤鸭、羊肉串等食物,那斟满美酒的耳杯,竟然是一个陷下去的窝状,巧妙之极。还有车骑出行的、畋猎的、斗鸡的,成群结队的奴婢侍从,男奴操戈执盾,女婢端灯执戈,我置身其中,沉醉在这宴饮酒乐游行之中,流连忘返。

古朴的线条中,往往蕴藏着先民对淳朴生活的解读与智慧。这是一组简洁朴拙的汉画像石:一条小河从层叠起伏的山峦中流出,周围还有群兽出没,猎犬在后面追逐。一座拱桥上两人正在悠闲垂钓,桥下有一小舟,其中一人正扬起臂膀向河里撒网,水中有鱼儿历历可数。在这片阡陌绿水之中,人们富足闲适地生活,自得其乐。看到汉代的独轮车时,随同的孩子马上惊喜地喊道,你们快看,这独轮车再加个轮,就和我们老家的架子车都差不多。虽然时光已经流逝了千余年,但最初独轮车的影子却至今深深烙在了一些传统农具上。时间是一把无情的刻刀,但在先民的智慧面前,它却最温柔地选择了保留。

进入舞乐百戏厅,就如观看了一场精彩纷呈的演出:歌舞演员踩着节奏,舒展着长袖,轻踏在复盘之上。我置身于数千观众之中,观看优美的七盘舞。耳际边,金鼓管弦齐鸣,铿锵之声响起,眼前成了一个舞蹈的海洋:姿态曼妙的折腰舞,巾荡若鸿的长巾舞,激奋人心的健鼓舞……最让人惊心动魄的是位冲狭女子,头上髻鬟高束,身着束腰长袖紧身衣,引颈侧身,像一只矫健的飞燕,急速跃过插有利刃的狭圈,衣带也随风飘扬。观之,不由让人为之虚惊一场,心中暗自惊叹,汉时人们的文化生活竟是如此繁荣无比。

曾在历史进程中起决定作用的鸿门宴也在汉画像石上永远定格:右侧项羽握剑而坐,刘邦与他相对而坐,中间舞剑者即为项庄,剑尖直指刘邦,与项庄相对的是项梁。寥寥数笔,便使人一目了然,回味无穷。只是在这里,我读不到阴谋,读不到惊险,读到的只有历史的生动与鲜活。

在天文展厅里,我看到了妇孺皆知的北斗七星,勺柄指向东方,据说是一幅春天的星象图。那时,没有先进精密的观测工具,先民就能解读出如此高深智慧的宇宙奥秘。亘古而遥远的星空,几千年前就赋予了先民垂天的翅膀,仅地动仪的发明,就让中华民族整整骄傲了两千年。

记得大学期间读到汉赋时,虽然沉醉于那铺天盖地富丽堂皇的描写,但总是认为那不过是文学的修辞、艺术的夸张。当面对这真实的再现时,我却无言以对。

汉朝是一个有着征服欲望的进取民族。大汉的铁蹄纵横驰骋,所向披靡,匈奴魂飞魄散,"失我祁连山,使我六畜不蕃息;失我祁连山,使我妇女无颜色",匈奴从此不敢南下牧马,边境则呈现出一派"边城晏闭,牛马布野"的和平气象;张骞两次出使西域,打通了东西交流的通道,先进的汉文化从此传播到天山南北,印度的佛教、哲学和艺术也源源不断地传入中国;大汉的军旗遍布了三十六属国,恢复了庄𫏋滇国的旧业,消灭了南越赵氏的割据。挥斥方遒间,中华民族的疆土在汉武帝的视野中一次次扩展。

在新野县樊集吊窑汉墓群发掘的"汉胡战争"画像石上,步兵强悍勇猛,以手擘弓、以脚踏弓;骑兵马上奔突,厮杀混战,矫健自信。还有拘系、拷问、拜谒的场面,无不生动再现了当时战胜的情景。

"天子受四海之图籍,膺万国之贡珍,内抚诸侯,外接百蛮。"这是东汉班固在《东都赋》中的描写。犯强汉者,虽远必诛,这是一种怎样的豪气与胆魄!在漫漫历史长河中,我们中华民族又有几次发出这样令人震撼的宣言呢?

百家的学术风气激活了汉文学潜藏的巨大活力,汉代恢宏的王朝气度与外向的民族视野直接影响了汉赋的整体风貌。贾谊、司马相如、枚乘、扬雄、张衡等一个个汉赋大家,辞藻华丽、气势磅礴的一篇篇鸿篇巨制,让汉文学呈现出沉雄的大美气象。

思想的成熟催生了军事科技各个领域的光芒。大思想家董仲舒,大史学家司马迁,大军事家卫青、霍去病,大天文学家唐都和落下闳,大农学家赵过,大探险家张骞等等,几千年过去了,这些人至今都无愧于称谓之前的那个大字。

我们的民族称之为汉族，就是从汉代而来。这个王朝建立了前所未有的尊严，它给了我们民族挺立千秋的自信，它的国号也成了一个伟大民族永远的名字。不论何时何地想起，我的心中总会豪气万丈。

三

周围的参观者愈来愈多，汉画馆内愈来愈喧嚣。而我，走进了一个梦幻的世界。

羽人神兽，随处可见，身生几寸长羽毛的"羽人"竟能从地上自升到楼台之上。似龙非龙似鹿非鹿的飞廉，一前一后追逐奔跑。神态生动自然，线条刚柔相济，给人以古拙苍劲之感。"前望舒使先驱兮，后飞廉使本属"，"乘水车兮荷盖，驾两龙骄骖"，楚辞中上天入地、驱虎驾龙的奇幻意象，都可在南阳汉画石中随处找到注脚。

人面兽身，人身兽面。人与神同登一台，仙与凡共处一堂。上极苍天九重，下接冥界黄泉，连接生死，沟通古今。尺幅之间，静谧的幽冥、神秘的天国和喧嚣的人间现世，相互融入，和谐共处。斗牛搏虎图中，一个人右臂斗牛，同时左掌搏虎。老虎的身躯弯曲呈"S"形，头部张开大口，四肢夸张，以形出神，先民驾驭万物的无比自信跃然石上，人的精神气质更为奔放，生命力量更为厚重。

"赭鞭朱朴击不详，彤戈丹斧，芟夷凶殃。投妖匿于洛裔，辽绝限于飞梁。"《大傩赋》中曾这样描写人对神鬼的驾驭。神鸟腹中可以孕育着圆圆的太阳，四周众星环绕，共同托起即将诞生的红日。在这里，人带上鬼神的面具，就可以战胜力量强大的虎豹熊罴。在汉武帝茂陵石刻中就有人食熊的内容,汉人如此的自信和想象力,我们根本没有勇气和资格去嘲笑。正是这种自信,大汉王朝才征服了如同猛兽一般的匈奴人,流放了凶狠残暴的突厥王朝,捍卫了农耕文明的延续性。

那是个充满征服欲望的时代,大汉王朝征服了变化无穷的大自然,征服了强劲野蛮的匈奴,但对于我们的祖先来说,已经不仅仅满足于现实生活了。他们无所畏惧,不仅要征服天上的神仙,还要征服地下的鬼神,甚至于前生后世。

先民奇特的想象、大胆的夸张,赋予了鬼神更多的寓意。夏商朝人们敬畏神鬼,统治者遇事必卜,表明自己的行动都是符合天意的,这其中的鬼神往往充满着一种诡秘的神力,人们对神鬼更多的是害怕与敬畏。他们祭祀神鬼就是为了求得神灵的欢心,得其保佑。到了汉代,人们渐渐开始把鬼神降格作为自己征服和娱乐的对象,民间百姓祭神中的歌舞,就不仅仅是娱神了,更多的则是自娱。汉画石像中所表现的就是人对鬼神命运的一种完全驾驭,这正是先民无比自信的文化逻辑的体现。

艺术的力量、幻想的力量是巨大的。20世纪三十年代,鲁迅、董作宾等国内文化教育界名流,共同掀起了搜集、整理、研究南阳汉画像石的热潮。特别是鲁迅,不顾病魔缠身,对汉画像石的搜集和喜爱达到了痴迷的地步,他曾说:"唯汉人石刻深沉雄大。"吴冠中先生激动地说:"我简直要跪在汉代先民的面前。"

想到这里,我对大汉民族先人不由肃然起敬,一种深深的敬畏。有时,我们常常会莫名地感到困惑,可当面对汉代先民时,我们是不是应有几分自豪与敬意?

四

一块块汉画像石没有因为历史的尘封而失色，没有因为时代的变迁而黯然。这是一个意气风发的王朝，这是一个大气磅礴的民族。它浩浩荡荡而来，经过时光的沉淀，在中华民族漫长的历史中占据了主流时段，成为中华文明最耀眼的华彩乐章。

五千年前，炎黄二帝从黄河流域的一个小部落，发展成为以汉民族为主体的多民族统一的大部落联盟，期间经历了夏商的神鬼，周的礼乐，春秋战国的百家争鸣，华夏民族经过两千年的文化艰难探索和咀嚼，终于融会贯通，神鬼的狰狞不再可怕，礼教的诚意去掉了繁琐，法的冷峻失去了棱角，楚文化的浪漫，齐文化的重商，中原文化的厚重……到汉朝时已蔚为大成。

历史上有过许多强大的王朝，如秦帝国、隋朝、元朝等等。回望历史，我们不难发现，这些强大的王朝虽然都实现了天下统一、经济繁荣、国力强盛的局面，但最终，它们都如昙花一现般地消逝于历史的天空。而同样一统天下的汉王朝，却演绎了四百多年历史的精彩。轻翻史册，让我们沉思，汉民族之所以辉煌长久，就在于有包容的胸怀，善于不断对外来文化的吸收融入，从而形成完善自己厚重的汉文化。一个民族想要长久繁荣发展，丰厚的文化根基应该是最足的底气。

看着，想着，我心头的迷惘也渐已远去，一股股隐隐的力量从心底聚起。先民们开放包容的气度，优雅美丽的生活，深邃博大的思想，这应成为我们的精神信仰和文化追求，重拾民族自尊、自信、自强的文化脊梁！

　　周围的参观者越来越多，有老人和孩子，更多的则是学生模样的人。旁边一个十七八岁的男孩说，今天是我第三次来汉画馆了，但每一次来，感觉都不同。听了之后，我的心里暖暖的。来南阳之前，有朋友知道我要看汉画馆，就随口说了句，去看那些石头啊，哪有什么好看的，还不如去游山玩水呢。我听了之后，笑了笑，什么都没有说。

　　灵石不言。就如这个沉睡的王朝不曾沉睡一般，只等你悄悄走近，无需言语，只须用心领会，它就会向你敞开心扉，与你进行一场精彩的交流，关于那个伟大时代的一切，关于我们民族的千年一脉。

幽燕之殇

  北京西直门外,夕阳下的高粱河泛起金红色的粼粼波光。一道光线从天边掠出,又没入了水流。微风渐起,一阵凉意袭来。再过几天,就立秋了。

  我来到这里,不仅是为了凭吊这古战场,而是感受一个民族的伤痕……

  公元979年7月6日,这里发生了宋辽之间第一场激战——高粱河之战。当年的刀光剑影,短兵相接,刺耳的金属碰撞声,悲怆的厮杀声,浑厚的战鼓声早已消失。闷热的暑气里,高粱河翻滚着,呜咽着奔向远方。

  千余年时光的冲刷,眼前的一切早已物是人非,我寻不到半点战争的痕迹,所有的历史记忆,已化成史料上一个简单冰冷的地名。路上,少不了虔诚的问询,得到的全是茫然的摇头。即便知道高粱河的人,也仅是知道名字而已。我望向远方,残阳如血。

复　兴

谁也没想到,上一个千年来临之前,已在漫长动荡中煎熬了两百多年的中原文明,在一个叫陈桥的驿站歇了歇脚,一抬腿就迈出了荒芜,从此开始了一段为期一百六十多年的繁华之旅。这段历史的主角,是一个叫赵匡胤的三十三岁的洛阳人,黄袍加身,便成就了一番盛世伟业。

从唐末到五代,战乱纷飞,百姓背井离乡,奔波流离。"城邑残破,户不满百",多少富庶的田野与繁荣的都市,都沦为血流成河的战场。昔日的洛阳宫阙已在战火中成为一片废墟,狐兔出没,惹得司马光后来感慨万千:"若问古今兴废事,请君只看洛阳城。"早点结束这颠沛流离的生活,过上安稳日子,是全天下人的心声。

赵匡胤恰恰就碰到了这样一个时代,是不幸,更是一种幸运。他顺应历史的趋势,力挽狂澜,统一天下,建立了大宋。这个时代成就了赵匡胤。

一个声威赫赫的大宋诞生了。宋朝就从陈桥驿这个地方开始出发。

宋太祖为赵宋大业规划了一幅"先南后北"的宏伟蓝图。他前后用了十三年的时间,势如破竹地消灭了南方各地的长期割据势力。北方只留下北汉和契丹,对于契丹,收复燕云十六州则成了宋太祖未了的夙愿。

历史往往就是这样,会因某个人的一个决定,彻底改变方向。晋高祖石敬瑭为了保全自己，四十五岁的他竟然认小他十一岁的耶律德光为父。除此之外，他还将北方险要之地燕云十六州拱手让与契丹。你称臣也就算了，但行父子之礼就过分了，何况是一个比自己小十多岁的人，简直是荒唐至极；让契丹出兵帮助，割让土地，丧权辱国，这将会成为中原的一大祸患。可石敬瑭帝梦心切，哪里能听得进去别人劝告。他不会不知道，这可是中原防御契丹、金国的天然屏障，没了它们，北部边防优势尽失，中原王朝从此完全暴露于北方外族的铁蹄下，军事上完全处于无险可守的被动地位。可一心想当儿皇帝的石敬瑭哪里顾得上这么多，他只管自个儿高兴地坐在龙椅上过他的帝王瘾。后来，他受尽契丹的污辱，最后郁郁而终，也是活该了。

石敬瑭此举，从五代埋下的隐患，就如一个无形的魔咒，紧紧套在了中原历史的额头。

燕云十六州的农业、手工业和文化等都比契丹要发达得多，契丹得之，随之改幽州为南京，升为陪都，包括此后的金国，扼守住幽云十六州这片险要之地，俨然以大国的姿态屹立北方，顺势南下，频频向中原发起进攻，成为中原王朝的心头大患。如果当初石敬瑭能多点气节，多点骨气，绝不割让土地，北宋能掌控燕云十六州的话，华夏民族的历史也必将会重新改写。

此话应该不是没有一点道理和依据的。燕云十六州的重要战略意义，自隋唐时，就是北方的军事重镇。金世宗时，梁襄说："燕都地处险要，北依山险，南压区复……亡辽虽小，止以得燕故能控制南北，坐致宋币。燕盖京都之首选也。"此后的元朝以燕为都城，明成祖也迁都北京，都是看中燕都形胜的重要。"京师古幽燕之地，左环沧海，右拥太行，北枕居庸，南襟河济，诚所谓天府之国也。为万事不拔之鸿基。"幽云十六州地区"南控江淮,北连朔漠",联系着农耕经济的中原和游牧经济的塞外。当辽金在中原受到挑战时,或坚守险要等待援兵,或退回塞外;形势有利时,则铁骑南侵,驰骋于旷野,宋军难以争锋。这里便成了他们灵活退攻回旋的缓冲空间。

北宋一建立,宋太祖就念念不忘收复失地。"燕蓟不收,则河北之地不固;河北不固,则河南不可高枕而卧"(《宋史纪事本末》)。为图谋燕云,拱卫中原,宋太祖建立了封桩库,积存每年的财政盈余,打算蓄满三五百万后,与辽国进行交涉索还燕云的土地和民众。他做了这样一个估算,倘若以二十匹绢的价钱换算一个辽兵的首级,辽朝十万精兵用二百万匹绢也就够了。倘若辽国同意,就把这些款项作为赎款,否则就散尽库钱,招募勇士,武力攻取。只是可惜,他还未实现这个宏伟抱负,就病死在征途中,这个殷殷遗愿只有留给宋太宗来完成了。

宋太宗不会忘记,当年辽太宗率领骑兵直下后晋都城开封时,乱抢乱杀,肆意践踏,开封城到处一片狼藉,惨不忍睹。对于这场浩劫,年方二十的宋太宗应该是刻骨铭心的。现在,他别无选择,毅然走上了艰难的复兴之路。

开国之初,宋太祖、宋太宗的血脉中还流淌着华夏民族开拓进取的血性和斗志。公元979年,太宗出兵攻灭北汉,大胜之余,决定挟战胜之威,对辽宣战,夺回燕云故地。高粱河之战爆发了。刚开始,明显占上风的宋军,在辽军数路猛攻下,战术上失策,加上将士数月奔波劳累,全线很快崩溃。太宗在混战中中了两箭,仓皇逃至涿州。他原以为能乘胜攻击,一举夺回燕云之地,完成太祖遗愿,没想到如此溃败而逃。箭伤在皮肉里,更伤在了太宗的心头。心急吃不上热豆腐,况且这是一块不好啃的硬骨头。

　　第一次大规模主动出击辽国，为收复燕云失地的战争，就暂时以失败告终。不管怎样，敢于向辽亮剑，这就是一种气魄、一种精神。人力、财力上的损失，可以通过休养来补给。但受到严重挫伤的泱泱军威，却未必能轻易恢复。殊不知，自开国以来，宋军历次战争几乎无往不胜，这些将士都是经过周世宗、宋太祖两代精挑细选，无疑是强劲如虎的精锐部队。高粱河一战，就如一个充满自信的鼓鼓的气球突然被刺爆。而辽军，经过这次胜战，再不把宋人放在眼里，肆虐的南侵日益频繁，宋辽二十五年的战争打响了。

　　对辽失败后，是继续作战收复燕云，还是从此休兵，这两种不同声音的较量一直在赵宋的朝廷上此起彼伏。宋太宗对宰相说："我看史书，见晋高祖求援于契丹，对契丹行事父礼，还要割地奉送，屈辱之甚。"他决定收复燕云，经过长期充分的准备，一雪耻辱。

　　公元986年正月，太宗再次发动大规模的伐辽战争——雍熙北伐。不知是因为上次中箭之后心怯，还是对自己军事才能过于自信，这次战争太宗没有亲征，而是用阵图来遥控指挥。这点，太宗不免是过于自负了。他的韬略远不及其兄，太祖是宋代皇帝中唯一的天才军事家，他用将"专而不疑"。而太宗自以为是，他对武将的猜忌防范之心十分强烈，就预先设计好阵图，交给出征的将帅，让他们不折不扣地执行。想想在战争期间，形势瞬息万变，在当时的通讯条件下，根本不可能及时反馈进行调整，阵图的荒谬可想而知了。精心策划的北伐在处于优势的情况下，仍以失败告终。这一打击使宋军彻底丧失了勇气，恐辽心理普遍滋生，一蔓延就是几百年。

　　太宗企图收复燕云所做的最后努力功亏一篑了。之后，太宗忙着打理眼皮下的事，集中兵权防止割据复辟，对内抑制武将，虽有心再北上伐辽收复燕云,也只能不了了之。宋在兵力最强盛的时候,都没能收复燕云十六州,后来更不敢轻言北征。太祖、太宗还有敢于主动向辽亮剑的勇气和精神,到了真宗以后,收复燕云的遗愿,被逐渐放弃。自后晋半个世纪以来,中原和辽朝对幽燕的长期争夺也画上了句号。

复兴的路,才走了几步就因恐慌顿足不前了。无奈?遗憾?抑或悲愤?只有宋太宗知晓了。殊不知,从此,大宋王朝被卷进了历史激流,在激流中身不由己地跌宕起伏着。

苟　安

曾有人问我,假如可以回到古代的话,你最愿意去哪个朝代?我不假思索回答,是宋朝。宋时的开封城,已有早市夜市,昼夜繁华。普通人家衣食丰足,就是穿绫罗绸缎也很寻常。在这座千年名城里,苏门父子仕途起伏,激扬文字,豪放洒脱,而"奉旨填词柳三变"则失落徜徉街头,"凡有井水饮处,皆能歌柳词"。胸怀变法的王安石正在推行"伟大的变法"……只须看看这些如雷贯耳的名字,就知道当年开封是何等的光彩夺目了。

一千年前的夜晚,当全世界的城市都是一片漆黑时,只有中国的开封灯火辉煌;一千年前,欧洲最大城市伦敦只有 1.5 万人时,开封已是超过百万人的大都市;一千年前,欧洲很乱很穷很落后时,而开封城就已经有施药局、慈幼局、养济院等福利设施,具备了一个高级现代化城市的特征。2005 年 5 月 22 日,美国《纽约时报》破天荒地用中文通栏标题发表的文章《从开封到纽约——辉煌如过眼烟云》,指出一千年前世界的中心在开封,现在在纽约。

　　然而,当我面对史册,最不愿翻开的几页史书,也是宋朝这段历史。每翻开一页,白纸黑字间,太多外族铁蹄肆意践踏的耻辱,还是那么强烈地刺痛心灵。宋朝太多官吏卑躬屈膝的丑样,大宋子民血泪斑斑的悲愤与无奈,跃然浮于眼前,一种别样的沉重,久久不能自抑。

　　历史是前进的,不会停留在一个地方。就是这样一个城市,繁华在1127 年戛然而止了,整个中原在劫难逃。十月的一天,彪悍的女真铁骑浩浩荡荡,如滚滚寒潮向中原出发。刀枪闪烁着凛冽的寒光,疯狂的马蹄,让大地阵阵颤动。而此时繁华的汴河码头,兰舟催发,人声鼎沸,一片忙碌。没有人知道,死亡和灾难正在悄悄逼近这座世界上最繁华的都市。

　　开封。两兵相接,宋的百万大军在金人的八万之师面前,竟然不堪一击,守城将士望风披靡。金人烧杀掠夺,杀人如麻,血染街巷,臭闻百里,全城被洗劫一空。徽宗、钦宗目睹着一城狼藉,无尽的耻辱涌上心头,只有痛苦转过身,无奈随着金军北去。

　　汴京,像一艘触礁的巨轮沉没了。

　　一个工商业高度发达、经济繁荣、人们生活富裕的先进文明,为何竟在落后蛮夷的铁蹄下轰然倒下? 我寻思着,一个"弱宋"托词,是不是答案?一个金人善骑,是不是答案?掩卷沉思,我激愤的心绪久久怎么也无法平息。

　　"天子重英豪,文章教尔曹。万般皆下品,惟有读书高。"宋朝儿童入学要诵读的《神童诗》,生动反映了那个时代的价值取向。当年,赵匡胤的几杯烈酒,奠定了社会繁荣稳定的基础,但也种下赵宋王朝覆灭、崩溃的基因。他劝诸大将"多积金帛田宅以遗子孙,歌儿舞女,以终天年。"同时,又优待文臣,除俸钱俸禄外,还有职钱职田。北宋的灭亡与开封的衰落,此时就已埋下了隐患。失去燕云十六州,外族对中原虎视眈眈,还没有平定天下,宋就先自废了武功,或许只有挨打的份了。

赵匡胤开始重用文人,"右文抑武",是有他深刻的考虑。在他看来,文臣"纵皆贪浊,亦未及武臣十之一也"。文人的社会地位以及所受的优待是以前绝无仅有。于是,就有武将心怀怨恨:"状元及第,虽将兵十万,恢复燕云,凯歌劳还,献捷太庙,其荣亦不及也。"对文人的重视,使赵家天下有了长治久安的保障,也使学术昌明,文化繁荣。汉朝国强,唐朝武盛,宋朝文旺。宋代积极的文化发展到了历史的巅峰,著名学者陈寅恪曾说:"宋代学术,最为完善。"

"澶渊之盟"后,宋辽之间百余年没有发生过大规模战争,社会的稳定促使教育科技文化迅速繁荣发展。官办民办教育机构遍及全国,朗朗读书声处处可闻。理学对世界物质与精神的思辨散发着哲学智慧的光芒。文化科技艺术也随着大量出版物逐渐传播开来,各种文化科技人才也脱颖而出:寇准、范仲淹、晏殊、欧阳修、柳永、沈括、黄庭坚、邵雍……苏轼一生挥毫写诗两千七百多首,陆游近万首,比盛唐时代的李白、杜甫还要多。他们雅歌投壶,诗酒唱和,他们肯定不会想到,自己就身处于宋朝文化的高峰,甚至是中国文化的巅峰。这是他们的幸运,也是历史的幸运。历史学家黄仁宇说:"火药之发明,火焰器之使用,航海用之指南针,天文时钟,鼓风炉,水力纺织机,船只使用不漏水舱壁等,都于宋代出现。在11、12世纪内,中国大城市的生活程度可以与世界上任何其他城市比较而无逊色。"这些已成为我国乃至世界的珍贵文化遗产,中华文化至北宋已趋精深成熟了。这无疑是华夏民族文艺复兴的伟大时代。

孟元老在《东京梦华录》中描绘了当年汴京的繁华景象。且不说东京的繁华无比,只须看看临安城内,大街坊巷,大小店铺"连门俱是"。晨起五更早市即开始营业,夕阳西下,夜市开张。直到三四更后,店铺、酒楼、歌馆才慢慢静下来。街上瓦舍勾栏,唱杂剧,演百戏杂技,说书讲史,一应俱有。"皇舆久驻武林宫,汴洛当时未易同。楼台飞舞祥烟外,鼓吹喧呼名月中",南宋的皇室贵族、官员、地主和商人们,就在此日夜酣宴歌舞,醉生梦死。

"打破筒(童),泼了菜(蔡),便是人间好世界",这是宋时民间流传的一首歌谣,奢靡的生活为腐败的滋生孕育了适宜的土壤。为了一座万岁山,徽宗大兴土木,修建殿阁亭台,凿池修泉,满布嘉花名木,怪石岩壑,穷极奢丽。徽宗整天在这里书画乐舞。蔡京更是如此,"东园如云,西园如雨(泪下如雨)"。看那蔡京宽敞的府邸,园内树木如云,又在宅西毁掉民屋数百间来建西园,所住居民被迫迁离,悲愁泪下。如此统治者,只知挥霍享乐,苟且偷安,哪里顾得上国家的安危。

"右文抑武"无疑使文化学术、经济科学得到迅速的发展,如若赵宋没有遭受毁灭性的打击,文明发展也会日臻完善,若再给赵宋一两百年的时间,历史继续向前发展的话,大宋在自修内政的基础上,加强对外防御,我无法想象那将会是一个怎样的历史盛世。然而,长期以来,宋代以防守为战略国策思想的影响,赵宋军事上"积弱",经济上日益"积贫",掩藏于繁荣表面之下的深层精神开始内敛。长期沉溺于奢靡享受之中,不亚于一种自我精神麻醉,宋朝刚建国时刚健进取的血性骨气也渐已褪失,愈来愈内敛保守。这些也无形辐射影响到社会文化艺术意识等各个领域。宋元以后,艺文人士虽具须眉,但大抵骨头却渐渐软化,稍一遇到风吹草动,就会飘摇不定。

当敌人入侵之时,为了暂时的安宁,总是战败之后惶恐求和,丧权辱国,一再妥协退让,苟安了事。面对辽兵的进攻,有了澶渊之盟,划定疆界,岁输银绢;面对夏国的侵掠,一再败退,也以岁"赐"银绢求得妥协;开封沦陷,便一路南逃,"直把杭州作汴州";遇到危机时,总习惯弯着腰抓根救命稻草。然而,稻草往往都是靠不住的,"联金抗辽""联蒙抗金",最终都无法逃脱贪婪的眼光和野蛮铁蹄的肆意践踏……

想想也是,从太祖、太宗之后的皇帝,几乎没有经历过战争洗礼,他们沉溺享受于眼前的奢华,官吏更是腐败成风,谁还顾得上国防军事的危机。让文官治兵,无疑是赶着鸭子上架。"兵不知将,将不带兵",军中将领贪财赎货,整天忙于经商盈利,无暇顾及训练。徽宗又将军队大权交于根本不懂军事、只知讨好皇上的宦官童贯、佞臣高俅主管。长此以往,军队哪有什么战斗力。

大宋王朝就如一叶浮萍,在历史的长河中漂泊无依。但其中,亦不乏有刚烈之士,不顾身家性命,毅然扛起复兴大旗,唱响民族大义。"王师北定中原日,家祭勿忘告乃翁。"85岁的陆游,一生的时光并没有把耻辱冲淡,他将最后的悲愤唱成了一曲绝唱。"靖康耻,犹未雪,臣子恨,何时灭"已不仅是岳飞个人的悲愤了。即使赵构等人苟安东南,始终只将杭州称为"行在",谁也不敢公开放弃收复中原、洗雪耻辱的王朝梦想。铮铮铁骨的热血男儿绝不止岳飞一人。南宋之初,宗泽面对金兵战无不胜,用血肉将开封筑成一座坚固的堡垒;韩世忠截断完颜兀术纵横江南的退路,迫其几乎遭受灭顶之灾;还有刘琦、张俊……

然而,这些民族忠烈用生命和鲜血换来的民族复兴契机,却在昏君和小人的弄权中付之东流,令人扼腕叹息。1140年,岳飞的军队在收复许昌、洛阳等地后,击溃了金军的主力。此时,完颜兀术已萌生渡河北去的念头。就在岳飞与部将相约痛饮黄龙的时候,也许是被吓破了胆魄,也许是为了一己私利打算，高宗和秦桧连下了十二道金牌，令岳飞班师。岳飞听后，大声痛哭，"十年之功，毁于一旦"。收复中原最好的历史契机就这样眼睁睁地付之东流。

苟安！只能苟且偷安于江南了。为了龙椅暂时安稳，天下百姓的义愤可以不去考虑，复兴中原的大业可以置之一旁，华夏民族的安危不敢担当，最终招来的只能是蒙古铁骑毁灭性的打击。

公元 1297 年，宋朝的历史彻底画上了一个句号。这一切都似乎在意料之中。

五代时失燕云，中国农耕文明构筑的完整的长城防卫体系，被撕开了一个口子，已经残缺；中原再失，已不仅是金瓯残缺的事了。

崖　山

刺鼻的血腥，混合着海水的咸气，在空气中凝结。

崖山无语。

茫茫无际的海潮愤怒般涌来，击打着岩石，仿佛要吞没眼前的一切。

海水呜咽。

"陛下，您是大宋的正统后裔，应该断然做出不辱没您血统的决定。"一个清晰而坚定的声音传来。

"我明白了。秀夫，你没有背弃我，自始至终地伺奉我，太感谢了！"少帝赵昺平静回答。

"陛下……"陆秀夫强忍住眼泪。

少帝点了点头，没有一丝惶恐。

陆秀夫背起少帝，用带子将两人紧紧地捆绑在一起，大声喊道："蒙古军啊，将来有一天，继承我们遗志的同胞，一定会征讨你们的！"

说完，陆秀夫纵身一跃，投入了渺茫的大海之中。

跟随其后的，是黑压压蠕动着的一大片宋朝臣民，十万余人纷纷投海殉国。七日后，海上浮尸十余万。落日的余晖悲壮不语。

此刻，我不忍想象。十万余人，面对死亡，没有恐慌，一一跳海。是什么让大宋的子民面对死亡如此从容毫不畏惧？我张开嘴，喉咙像被什么东西哽住了，说不出一个字来。

公元1279年2月，崖山之战随着陆秀夫与赵昺的一跳，为赵宋政权画上了永远的休止符。宋王朝就这样凄然收场。

这是怎样惨烈的一场海战：一方是由草原兴起的强大蒙古帝国，它正以摧枯拉朽之势踏遍亚欧大陆，意图彻底消灭这片广袤土地上最后的强劲敌人；另一方是国力衰落的南宋政权，积弱不振的它已经苦苦抵抗了近半个世纪，从杭州退到福建，再退至崖山建立海山朝廷。"宋末三杰"文天祥、张世杰、陆秀夫，慷慨赴难，踏上了历史留给他们的最后舞台，保卫风雨中飘摇不定的流亡政权。然而勇气不是战争胜负的决定因素，英雄的壮志阻挡不了凶悍的铁骑。在滔天的巨浪中，战术上失误的赵宋军队在蒙古军强劲的攻势下全军覆没。

元朝建立了。这次的改朝换代，却不是历史传统上的改朝换代。古典意义的中国面临巨大的变化。

站在硇洲岛岸边堆积的熔岩乱石之上，雾霭茫茫，水天连成一线，惊涛骇浪如泣如诉。硇洲岛，已不是一个普通的名字。大宋子民曾在此愤慨山河沦陷，将岸边巨石怒击水中，是"以石击匈(元)"之意，"硇"字由此而生。又一阵巨浪拍岸，洪涛阵阵，仿佛凭吊那场震古烁今的决战。

蒙古人用了几乎全部的力量,打击华夏文明最软弱的政权南宋。他们可以几个月内,就踏平花剌子模,铲平俄罗斯,消灭东欧列国,但是在江南的华夏文明面前,却停顿了几乎50年!元军攻打四川,川民杀其大汗,被赶尽杀绝之时,才放弃了抵抗……崖山失败后,30万宋军将士只有2万人被俘虏,其余全部战死。在个人的安危与国家命运紧密相关时,华夏民族血液中的血性骨气瞬间被激活,从天子到百姓,不愿屈服的大宋子民坚守着信念,从容不迫地殉国。为了民族尊严和生存,义无反顾,这崖山精神,这春秋大义,这伟大气节,足以让人荡气回肠!

不管怎样,崖山,应是一个值得铭记与回忆的地方。崖山,为华夏文明悲壮地画上一个句号,或者感叹号,抑或省略号。我掩卷沉思,隐隐的悲痛从心底阵阵袭来,心头愈加沉重。

其实,在世界历史中,野蛮战胜文明的例子不胜枚举。斯巴达战胜雅典,罗马战胜迦太基,马其顿战胜波斯,都是比较贫穷野蛮的势力战胜了比较富庶文明的民族。为什么文明总亡于野蛮之手?在文明不断发展的同时,如何避免这种悲剧的发生?这是值得深思的。今天,我们只有吸取其中的历史教训,建立相应的国策体制,促使文明蓬勃发展的同时,才能避免历史悲剧的重演。

宋朝就是这样一个铭记了汉源正朔的朝代,与现在有着不解的精神文化传承。我时常想,崖山之前的古中华遗风,究竟会有何等的团结和彪悍,连相对柔弱的南宋,都有十万军民自发跳海殉国而不做异族顺民,这样的气节,如能拥有?

中华民族的伟大复兴,即在于此。民族的复兴并不仅在于军事上的强大,更在于拥有这样一种骨气、一种精神、一种气节、一种引领人类文明蓬勃发展的复兴。"华夏民族之文化,历数千载之演进,而造极于赵宋之世。后渐衰微，终必复振。"这是国学大师陈寅恪对宋的评价。是的，华夏文化终必复振，这是历史的趋势，也是发展的必然。

崖山之边，夕阳已隐没在大海之中。当晨曦微露之时，海水涛涛，又将喷薄出一个灿烂而辉煌的黎明。

函谷沧桑

　　苍穹之下,群山沉默。静静的弘农河在阳光下泛着点点碎光,好似无数的水银滚动在水面。河两岸,杂乱地散落着一些乱石瓦砾,荒草在疯长着。

　　我行走于旁,在这个秋日的清晨。

　　秋风飒飒,从山坡上呼啸而过。脚下突然被绊了个趔趄,低头一看,竟是一块残破的瓦片。我弯腰拾起,拂去上面的泥土,仔细打量,那斑驳的泥痕依然遮掩不住藏青的本色,隐约中泛着一丝暗红。残缺的边缘上,断断续续的花纹还依稀可辨。我的心不觉顿时一惊。

　　我默然良久。一切无语,沉寂。这该不会是一块秦砖或者汉瓦吧?细听,耳边的风似乎也屏住了气息。抬眼望去,微波粼粼。倏忽,波动的水面斜射出一道犀利的亮光,直刺向天空。瞬间,我打了一个激灵。想起了刀光,想起了剑影,想起了那个遥远的血腥的时代。不觉间,手中的这块瓦砾也似乎沉重了起来。

又一阵风从耳边呼啸而过。静静的弘农河依然从容地向北流着,河水哗哗的响声,好似万马齐喑,深远而浑厚。

我行走于旁,静默着,莫名的思绪也仿佛受了某种暗示而滞留不前。我知道,秋日里,正适合到那里看看,去看看函谷关了。

高大的红漆门楼,赫然的太极八卦图案,稀稀疏疏的几个行人。函谷关,就这样地站在了我的面前。这一切,令我始料不及。

努力地搜索着十八年前的记忆:黄土高原下的王垛村,随意陈列在这里。偶尔,传来一两声鸡叫声,或者猛然从小巷中蹿出一只黄狗来,向你狂吠两声,然后用陌生的眼神打量着你。

还是这几间普通的小庙(太初宫),静静地守在村子的角落,同其他民舍一样。如果不去仔细打量它的建筑格局的话,还以为它就是寻常人家了。

而如今,新刷的红漆大门,闪耀着鲜艳的光彩。两旁高大的仿古建筑,昭示着一种古老的回归。一股股现代的气息还是这样强烈地迎面扑来,这一切,让我感到有点措手不及,就如一个山里人,突然间站在了一座豪华的酒店面前。此时的我,怯怯远远地绕过函谷关的正大门,顺着那奔流的弘农河的方向,一路向北径直走去。

关　楼

函谷关楼赫然映入我的眼帘。

　　远望，高约几十米的城墙横亘在南北陡峭的两峰之间。正中留有两个门洞，门洞石碣上刻着"函谷关"三个大字。门洞上矗立着两座三层高的城楼，其实还算雄伟，但却少了想象中的味道。

　　十几年前，这里曾是一片荒芜，杂草丛生。那座从春秋战国时期就屹立在此的关楼，不知经过了多少战火的沧桑，几经修葺，最后还是不知在历史的某一个断点，渐渐摇摇欲坠，惶然倾颓，瞬间化为历史的须臾。眼前，所能寻找的，它的尸骸残骨恐怕也早已被幻化为一抔抔黄土了吧。

　　而今的关楼是政府在1992年重修的仿汉建筑。既然是仿造，给人的感受，也只能是停留在"仿"字上。虽然现在关楼的规模比历史遗迹中的照片恢宏气势多了，但我知道，历史中有些东西是永远复制不了的。

　　走到关楼前，拾级而上，青灰的方砖砌成了宽厚的城墙。仅十几年的风吹日蚀，就使这些藏青的方砖锈满青苔。诚然，对于这积蕴了几千年厚韵的古关重地，那些仿制的方砖毕竟太单薄了，它们怎么能经受得起这漫漫历史厚重气息的侵蚀？

　　依城墙而立，远眺东方。远山绵延起伏，雾岚迷蒙。山脚下，弘农河似一条白练，静静流入黄河。随即就被那浑黄的河水毫不客气地挟裹着，向东飞速而逝。

　　突然，耳边传来风吹幡动的猎猎声响。回头细看，只见那些写有简体字的"函谷关"字样的旗幡，竖在关楼上，在风中招摇。此时心中有种别样的感觉，就如在一出古装戏中，冷不丁冒出一个西装革履打扮的人来。我知道，此关楼不是彼关楼，函谷关的关楼早已被项羽的手下鲸布烧得干净。当年的项羽，浴血奋战，攻克了这固若金汤的函谷关，可结果，却只能落得个霸王别姬、饮恨乌江的千古遗憾了。项羽的历史上，函谷关给他涂上了重重的一笔浓彩。

想想，几千年前的此时此地，这里正万马嘶鸣，刀光剑影，杀气冲天，血流漂橹。弘农河，怎想让曾经见证的那一幕幕在眼前重现？那一声声叹息，那一声声无奈，又怎能抵挡住历史滚滚向前的车轮！轻翻史册，那短短的几行黑字白纸的记载，似乎还在熠熠涌动着一股浓浓的血腥味。

放眼尽望，关楼周围满眼葱郁的树木早已不是当年的桃林了。可以想象，当年从函谷关至西到华阴潼关三百里桃林，每年春里，那景观该是何等的壮观！"高出云表，幽谷密邃，深林茂木，白日成昏"。灵宝隋时称桃林县。因夸父逐日的壮举而涂抹上了一层神秘的色彩。当年夸父逐日，渴饮河渭，河渭不足，北饮大泽，未至，道渴而死。夸父就化作了一道山，山在灵宝，他所弃的杖，就是桃林。而今，只有长叹一声了。

岑参在《函谷关歌送刘评事使关西》中写道"君不见古函谷关，崩城败壁至今在，树根草蔓遮古道，空谷千年常不改"。站在新建的关楼上，细数关楼的每一块青砖，我奢望地寻找着。企图能从那小小裂缝的残损中，找寻历史在古老苍穹下一直未曾断唱的隐秘气息，为我的解读寻得那么一两个注脚。可，我却清楚地知道，古老的东西早已销蚀殆尽了，中原的许多古迹都是这样。

突然，关楼的广场上空忽忽扑扑飞蹿出一群白色的鸽子。诧异之际，只见广场右侧搭建着几个凉棚小摊，游客在这里可以买一两小碟鸽食来喂。一种说不出的感觉涌上心头。这里东临弘农绝涧，西拒衡岭高原，南依巍巍秦岭，北接滔滔黄河。有诗曰"天开函谷壮关中，万谷惊尘向北空"。这里曾是东西交通的咽喉，这里曾是战马嘶鸣的古战场。而今，眼前的这些鸽子，绝对早已闻不到千百年前那浓烈的血腥气息了。

它们仅知道的，就是在远处高处观望着，伺机抢得一口之食，然后欢叫几声，在空中回旋一个漂亮的舞步。

古　道

失望之余，转回身，向西眺望。秋日里，那条崤函古道在葱郁的绿树丛中，如细线般钻入山中，隐没行迹。

太阳渐渐热辣起来，云雾渐渐消散。走进古道，顿觉一阵清凉。碎石黄土铺就的小路，如历史一样斑驳曲折。有游客骑着马，嗒嗒地走过。再往前，就隐入了绿荫，蹄声也就模糊了。

道路蜿蜒曲折，崎岖狭窄，空谷幽深，人行其中，如入函中，关道两侧，绝壁陡起，峰岩林立，地势险恶，地貌森然。古书上说函谷关道"车不分轨，马不并鞍"，"一泥丸而东封函谷"，今日一见，并非虚言。

默默行走在这千年古道中，掩映的树木筛漏下斑驳的阳光，照在身上，恍惚间如无数个白天黑夜在眼前交替。此时古道寂静无声，只传来脚下"沙沙"的响声，仿佛是历史深处发出来的朦胧声音。

不觉间已经走了二里多路，眼前，是一道木栅大门拦住了去路。木栅门那边，没了碎石铺就的平整小路，只有一人多高的荒草疯长着。我侧身从木栅门翻越过去，杂草阻挡，我小心地用臂膀把蒿草拢到一边，向前探身移步。忽然几只蟋蟀从头顶跳过，我欣喜，原来这里竟成了蟋蟀蛐蛐们的乐土。忽闻头顶有几声人语，抬头一看，原来是两边陡峭的山崖上新近架起的高速上有几个行人，正在高声说话。看看头顶的高速，它让昔日的天堑变为通途；再看看脚下的古道，它曾是连接着那个时代东西的咽喉。而今，它老了，该歇息了，就在这里静静地，很少有人知道它的沧桑,就如很少有人能预计它的将来。心头的沉重,在这一刻蓄得满满的。

往回走着,脚下的声响渐听渐大,恍惚间,那上面的树木草丛间,突然仿佛传来一声炮响,顿时,那树丛杂草高处顷刻间便竖起无数战旗,霎时喊声震天,箭如飞蝗……

公元前318年,楚、赵、魏、韩、燕五国联合攻打秦国。一样的阳光照在秦兵寒森森的铁甲上,反射着刺眼的耀光。两阵相对,咄咄杀气,战马齐喑,旌旗在寒风中猎猎作响。一声雷鸣般的吼声,顿时杀声震天,顷刻,眼前只剩下一片"伏尸百万,流血漂橹"。

公元前247年,秦军伐魏,信陵君统率五国联军来反击,秦军被迫退回函谷关。联军在此天险面前无力破关,束手无策,只得长叹一声,退兵而回。

…………

"一夫当关,万夫莫开"的函谷关在战国时代似乎就是天下的象征,七国争雄,六国始终未能攻克此处天险,而秦的白万铁甲正是东出函谷关,成就了始皇天下一统的霸业,真是"一将功成万骨枯,始皇霸业仗函谷"。

两千多年来,函谷关历经了七雄争霸、楚汉相争、安史之乱的狼烟弥漫,也承受了李自成起义、辛亥革命、抗日战争的烽火洗礼……

"双峰高耸太河旁,自古函谷一战场。"哪一次风雨如晦,函谷关这块土地上不是饱浸着血泪的凄惨与壮烈?也许只有它,经历过了,才会懂得;只有懂得了,才如此沉默!

踏在函谷关的每一寸土地上,我似乎能感受到浸渍在黄土里的那一份热血的余温;行走在函谷关的每一棵草树旁,我仿佛能倾听到那一声声烈马的嘶叫，那浑厚而辽远的战鼓声似乎还在冲荡着苍凉的空气……

行走着，脚下也愈来愈迟缓，眼前，古道正蜿蜒延伸，我感觉古道更深更远处正散发那遥远时代的神秘。几千年来，在那个交通极不便利的时代，这条沧桑的古道担负着多么重要的作用。多少个白日黑夜，多少匹驿马的铁蹄，肩负着神圣的使命，从这里匆匆慨然而去。它如一条流淌不息的动脉，联通着东西军事文化的交流，滋养着历史的勃勃发展。没有了它，充盈的历史不知要萎缩成什么样。而今，刀光剑影早已暗淡，鼓角争鸣已飘然远逝，滚滚硝烟也已消散，我却依然感受到了两千多年前的惊涛骇浪！

鸡鸣台

沿古道拾级而上，我径直来到了鸡鸣台。高埠上的一处弹丸之地而已。开发之前，只是一些乱石碎砖砌成的窄窄的阶台。而现在，宽阔的水泥石砌成整整的宽阔的石阶，琉璃瓦装饰的亭子也屹立在高埠上。鸡鸣狗盗的典故便出自于此。

鸡鸣台又叫田文台，传说这里就是当年田文食客学鸡叫的地方。当孟尝君的门客盗得狐裘，送给了秦昭王的妃子后，他立即率领手下人连夜偷偷骑马向东快奔。到了函谷关，正是半夜。按秦国法规，函谷关每天鸡叫才开门，半夜时候，鸡可怎么能叫呢？大家正犯愁时，只听见几声"喔，喔，喔"的雄鸡啼鸣，接着，城关外的雄鸡都打鸣了。原来，孟尝君的另一个门客会学鸡叫，而鸡是只要听到第一声啼叫就立刻会跟着叫起来的。怎么还没睡踏实鸡就叫了呢？守关的士兵虽然觉得奇怪，但也只得起来打开关门,放他们出去。

听着那录制的嘹亮的鸡鸣声时不时传来,我似乎回到了两千多年前一个漆黑的凌晨,月晦星稀,田文的食客拿捏着喉咙与鼻子,突然发出悠长的鸡鸣声,倏忽,引得关城金鸡齐鸣。片刻之后,"吱呀"一声,那沉重的关门缓缓打开。田文才得以脱险出关,等秦王追兵到函谷关时,田文早已杳无踪影了。

昔日的鸡鸣狗盗之举,谁也没想到紧跟着又上演了一场血腥之战。历史的偶然抑或必然?我们暂且不去穷究了。如果孟尝君当初出不了关,那自然免不了杀头之祸。那么齐国的历史恐怕也就要重新撰写了,战国七雄恐怕就变成了六雄了吧。一个历史上的小人物,一次出人意料的偶然,便造就了英雄,也撰写了历史。在岁月的长河中,有多少这样的小人物在历史前进的道路上,起着推波助澜的作用,我们不敢细数,又如何计算得清楚?

而今的鸡鸣台,也成了游客行人娱乐的热点地段。买一沓硬币朝着孟尝君塑像胸前并拢的手心投去,投中即可传来几声雄鸡啼鸣的声音。据说,如能投中,听到鸡鸣之声,便会给人带来吉运。其实,如今的关楼早已摆脱了当初传说的影子了。鸡鸣仍然在高亢地雄叫着,关楼依然在敞开着,过往的人依然来来往往。

站在穿越了千年时光的鸡鸣台,心中有种说不出的复杂感情,这一方厚重的高埠上埋藏着多少神秘的故事啊!唐朝皮日休的《古函谷关》写道"破落古关城,犹能扼帝京。今朝行客过,不待晓鸡鸣"。昔年曾是江南客,此日初为关外心。独坐在关楼上,仿佛当年的关吏,只不过,再也没人要过关了。

太初宫

"西望瑶池降王母,东来紫气满函关。"如果说函谷关仅仅是一处军事要地,那么它无法在历史的时空上留下夺目的光彩。作为道教文化的发祥地,我国古代思想家、哲学家老子著述《道德经》的地方,它又蕴含着深厚的文化底蕴,滋养着中华文化的蓬勃发展。

史书记载,当年函谷关关令尹喜精通天象学问,有一日,他望见东方有一团紫气升腾、祥云缭绕。一轮红日喷薄而出,万道霞光辉映山川。他心喜,知道必有圣人经过。于是整日恭候,果然有一位皓首长髯身穿黄袍的老者骑着青牛自东方徐徐而来。尹喜盛情款待老子,恳请其著书立说。老子欣然应允。

月朗星稀之夜,一盏灯光熠熠闪烁在太初宫的墙壁上。一个皓发白须的睿智老人坐在窗前,轻展竹简,从容沉思。墨笔点点,字字珠玑。洋洋洒洒五千言,千古奇书《道德经》一挥而就。几千年来,其中深邃的思想不知曾沐浴了多少求知的心灵,睿智的话语不知点化过多少愚钝的头脑?连法国哲学家尼采都说:"《道德经》像一口永不枯竭的井泉,满载宝藏,放下汲桶,唾手可得。"美国前总统里根曾引用老子的"治大国若烹小鲜"的名言来阐述他的治国方略。老子作为周王朝的图书馆馆长,博览群书。老子绝对没有想到,自己的智慧浓缩为短短的五千言,其博大精深,蕴含丰富的真知灼见,至今天,依然闪耀着智慧的火花与灵气。

太初宫前,香雾缭绕,香客们都在虔诚礼拜。孩子突然问我,中间供奉的那位神像是老子吗?我告诉孩子,中间的那位是老子,但他不是神,是一位很有智慧的老爷爷。我想,当我们真正能透过那些耀眼的光彩,心里更会产生一种可触可接近的感觉,这样或许会更容易走近吧。

眼前香客熙攘的太初宫,是当年老子写作《道德经》的地方,太初宫始建于西周,现存太初宫主殿建于唐以前,元、明、清各代均有修葺。千百年来,众多海内外道教人士都来这里朝圣祭祖。谁能想到,当年的一团祥瑞的紫气,当年尹喜的恳情邀请,便带来了道家之祖老子洋洋洒洒五千言的《道德经》,把函谷关浸渍在道教的圣光之中,永远是那样鲜活光彩。

昭昭烈日之下,总感觉有一个浑厚而洪远的声音从远处传来:

"道可道,非常道。名可名,非常名。""上善若水。水善利万物而不争,处众人之所恶,故几于道。""大直若屈,大巧若拙,大辩若讷。""信言不美,美言不信。善者不辩,辩者不善。"隐约而清晰,似智者的娓娓劝诚,又似孩童的朗朗之声。久久,响彻在耳际,沐浴着干涸的心灵,超度着疲惫的灵魂。

《道德经》是诸子百家的启蒙者老子在函谷关留下的一份珍贵无比的文化瑰宝,不管时光如何变迁,不管历史风尘如何蒙盖,它依然会散发出熠熠夺目的光彩。在太初宫中老子的塑像前虔诚膜拜,想象着老子当年著书立说时的道骨仙风,我仿佛沿着一条明澈的精神隧道,汲取着古老的哲学营养,注解着过去,畅想着未来。

紫气东来,带来了文化的丰蕴与厚重;黄河西去,冲走了历史的浮华与血雨。函谷关,你静静地伫立在古老的弘农河畔,不知倾听了历史的多少次悲欢离合的演绎,不知铭记了流年里多少轮回的繁华兴衰?可,你默然不语!如这古道般沉默与沧然!因为你懂得,只有穿越世事的浮华,岁月才会散发出迷人的芳香!

要驱车离开了,回头远望,函谷关楼隐没在一片葱茏之中,我知道,那片葱茏的深处,古道犹如汩汩流动的血脉一样,依然滋养着曾经与现在,辉煌与沧桑!

湮没的杨公堡

我登上了秦岭脚下的这块土塬，在一个秋日的午后。

站在高塬上，放眼望去，只见黄土高原纵横叠加的沟壑在脚下延伸。草木已微微泛黄，生命的迹象也在悄然隐藏。眼前，没有多余的色调，一切都裸露着自然的本质：灰蓝的天穹下，以灰黄为主色调的黄土高原就这样在眼前铺陈开来。

黄河就是从这黄土高原脚下冲泻而过的，在经豫西之前，奔腾出了它最壮观的一段陡弯。一百年前，它浊黄如铜，泥沙沉重，把豫西的讯息和本色传达给半个中国。一百年前，杨公堡就出现在豫西野莽的高塬上。

杨公堡坐落在一块突兀的土塬上。它高踞在塬顶，仿佛斜睨着俯视四周的一切。一条仅容两人并行的小路在山间蜿蜒爬行。就这样，一条不规则的纤细曲线，把城堡与外界连在了一起。小路的两侧，是风雕雨刻了千年之久的悬崖峭壁，荆棘密布。

猛然间，山谷里蹿起一阵风来，掠起了我的衣襟。一阵恐惧紧接而来，秋风会不会无情地掳去我的一切呢？

四周很静。清冷的阳光释放着少许的暖意，只有山风发出飒飒的声音，给这午后平添了几许冷寂。眼前不远处，就是杨公堡了。依稀望见城门嵌在一个高高的大土堆边上，一旁，有一截高高的断壁残垣孤独地站着。

一

穿过那条窄窄的小路，矗立在我眼前的便是青砖砌成的城门了。

南面的第一道城门有两层楼那么高，青砖已泛白。顶端的门额上刻了三个篆字，有兴趣的人经过了一番研究，也只是揣测为"定远山"三字。门额四周环绕着回形花纹，上下四幅浅砖雕文图案，分别是琴棋书画，似乎暗示了城堡主人的书香身世。门额的左侧已裂出一条几指宽的裂缝，仿佛是一本古籍残损的封面。

不觉间，我放慢了脚步。

仅剩的一扇四指厚的木质城门半掩着。我轻轻推开，浑厚的"嗡——"的一声，打破了这午后山谷的沉寂。迎面是第二道城门，高大的砖拱城门，主体为夯土结构。门额上写着行书"层峦耸秀"四个字。站在此处极目远眺，道道沟壑与起伏的丘陵纵横交错，开阔而深远。可以看出，当时的主人选此筑堡，眼光确实非同一般。

据有关史料上说,杨公堡是清代两位杨姓兄弟合力修建的,具体年份已不可考。这两兄弟是现在灵宝境内岳渡村人,拥有大量田产,并在当时的灵宝县城开有多家商号。我不禁疑惑,他们为什么弃平原华府不住而要在这个险峻的山头筑堡呢?莫非这样舍弃是一种无奈,抑或眼前的坞堡有着非同寻常之处?

细观城门两侧,沿峭壁边缘立起了一道高约七八米,底宽近四米的夯土城墙,将村寨与外界阻断。在两道城门之间,正好形成了一个类似瓮城的结构。如果有人攻寨,即便侥幸通过狭长且毫无遮拦的山道突破第一道城门,也正好暴露在两道城门之间的狭小空地,成为守城人绝好的靶子。杨公堡的四周,以险代墙,易守难攻,在那个年代,这匠心独运的防御设施,为杨公堡提供了最精心的呵护。

其实,最早的坞堡出现在西汉末年,是一种民间防卫性建筑。当时北方大饥,社会动荡不安,富豪士族之家为求自保,都纷纷构筑坞堡。坞堡四周常环以深沟高墙,内部房屋毗连,四隅与中央另建有塔台高楼。堡内的居民常以宗族聚居,有时也吸收乡党等人。就这样,坞堡有了西汉末年的基因,在以后动荡的年代中不断孕育发展,到了清末,这杨公堡也就顺其自然地诞生了。

一部沧桑的书,仅翻开扉页,就隐隐透露出一股血腥之气。一阵疾风穿过山谷,猛灌进城门。这阵风不知从何而来,不知穿越了多少时空,目睹过多少沧桑,最后,终于把歇脚的地点选在了城堡。我倾听着,古远而神秘的风语。

走在第二道城门的狭长甬道,脚下光滑的青条石泛着幽光。我愣着,仿佛穿越一道无形的岁月之门,去拜访被封存了百年之余的高宅小巷。

坞堡南北约二百米，东西阔一百五十米，呈龟背状。一条小石铺就的小径横贯南北。沿小径两侧，是数十座大小不等的院落。这条小径在荒草的遮掩下若隐若现，它曾承载过太重的负荷，叠加了太多的脚印，深深浅浅地一路走来。几丛发黄的枯草，从青石的罅隙和斑驳的墙角伸出，恣意地迎风摇摆。倒坍的房院，剥落的山墙，似乎还在坚持着一个院子的形象。发朽的木门上，还锁着斑斑的铁锁，它锁得住墙内墙外，却锁不了时空流逝。发白的门神还在卫护着那个古老的美好愿望。处处散落的断砖残瓦，仿佛倾诉着一个个曾经辛酸或幸福的故事。这一切的一切，都散发着一种不可抗拒的隐秘气息，驱使着我悄悄地走近，再走近。

寨子像一个熟睡的老人，在静谧的午后做着悠长的梦。偶尔，一两声犬吠传来，引起啾啾的鸟鸣，透露出寨子里生活的气息。这里还有人家！

正想着，一个略显沧桑的中年男子从小径尾随而来。见到我们，便招呼着，等我们说明来意之后，他说，最近有好多人都来这里看过。这里没啥好看的，都是一些破房子。我们就跟着他来到他的院子。

这是一座很精美的小院，一砖一木的布置都显示出主人的独具匠心。用青砖砌成的高高的门额上，书写着"业精勤"三个字。看到此，我甚是疑惑，为什么不是"业精于勤"呢？会不会是当年工匠把"于"字疏忽了？再细看，门额的边缘雕刻着花鸟虫鱼的花纹，门栏两侧的石礅上也雕刻着荷菊梅花的图案。其中线条流畅，刀法精致，这"精"的含义会不会寓含着日子也要过得如此精美呢。这三字中，精与勤是并列的，仿佛在告诉我们日子不仅要精打细算，更要勤劳持家了。老子曾说"道生一，一生二、二生三、三生万物……"三由道而出，又产生了世间万物，三代表了"道"与"万物"。由此看来，在中国传统文化中，三也是个吉祥数字了，刚才揣测工匠疏忽的理由显然是站不住脚的。想起了城堡门楼的三个字，"定远山，业精勤。"当年坞堡主人一番精心设计所蕴含的隐秘生活追求瞬时豁亮了。

院子里东面是正房，左右各一间厢房。每间房梁边缘也被雕刻上了云纹装饰。主人在设计房屋的时候，把三面房子的房顶都是单坡向里，下雨时，雨水就顺屋檐流入院内，这样就可以将雨水收集起来，也有"四水归一"、"肥水不流外人田"之意。这对于生活在黄土高原上常年用水困难的百姓而言，这种结构形式的实用价值更大于象征意义了。

我问这家主人，你知道这寨子为什么叫杨公堡？他憨笑说，反正说法很多的，我也说不清。我又问，你是什么时候开始在这里生活的。他说，这我也说不清的，好几辈了吧。土改时，这里的房屋分了，最多的时候住进了六七十户。近年来，生活好了，有的人已慢慢迁出，现在寨子没几户人家了，大多都是老人。你有没有打算什么时候搬出呢？这时，他挠挠头说，这个倒还没想过，一个是口袋里钱太少，主要还是住在这里习惯了。这屋子你不要看太旧，还挺结实的，这么多年，隔上十来个年头，我翻揭一下房瓦，照样又是十几个年头。说完，他一副很知足的神态。堂屋的摆设简单到再不能简省了：一个土坯的灶台，泥砖垒成的案板上，整齐摆放着几个黑黑的罐子，几沓碗碟，一把筷子。墙角摆放着一个简陋的饭桌和两把椅子。屋子院里，生活家什等都被收拾得井井有条。这就是一个家，一个依然生活在城堡里留守者的家。这时，我想起了桃源里的生活，还有桃源里的那个人，"问今是何世，乃不知有汉，无论魏晋。"只是，此地恐怕并非彼地了。

是的，留守者憨笑的神态中，只不过多些在外人看来偏执的一些东西。或许正因为如此，他才留守在这里了。或许，他早已习惯了蹲在城墙根晒着太阳,也习惯了每天去侍弄自己那几亩贫瘠的田地,对他来说就是精神最大的快乐了。这几亩贫瘠的土地带不来更多的希望与收获,但对他来说,只要喂饱肚子就已很满足了。他没有更多的奢望,只要活着,只要每天的清晨还出现在这个城堡里,就足够了。

二

时光流逝,百年的沧桑变幻,生活的气息依然还是这么浓郁。我沿着窄窄的小径向前寻访。

寨中小院的结构基本相同,屋屋毗连。只是,大部分宅子已是人去屋空,成了无人修缮的危宅。随处可见的是倒坍,残垣颓壁。空空的窗棂上,残留的几片窗纸在呼啦啦地响。荒凉、古老、落寞、静谧的气息,扑面而来。

站在寨子的北面远望,看到的是距此仅五公里的灵宝市区,文明与繁华的所在就在眼前。荒芜和繁华对视着,仿佛是它们曾经与当下的对视。

这里没有房屋,留出一大片的空荡。眼前杂草丛生,几棵古槐盘旋着虬枝,谁也记不清它绿了多少次,又枯了多少回。槐树不远,是一口枯井,上面杂乱叠放着几根干枯的树枝,黑乎乎的看不见底,仿佛沿着时光已通向了另一个幽远的源头。堰边上,一个石磨盘蹲在那里,旁边还有几个石礅和一个辘轳,淹没于荒草之中。曾经碾碎过无数东西的石磨,如今却无法碾碎昔日的记忆。在北面山坡的小路口,一尊形似人形的土堆矗立着,这是城墙最后的见证了。一切都空荡荡的,连同整个午后。

在如此窄小的空间里,生活的设施一应俱全,很久以前,这里应该是个麦场了。当年杨公堡的居民就是在这里生养劳作长相厮守的。

我抚摸着石磨粗糙的纹理,丝丝温暖浸入心怀。曾经,这里金黄的麦子堆积成垛,打麦的连枷在空中飞舞,石磨上的辘轳转得正欢,拉磨的驴子时不时仰起脖子,"嗷——嗷——"地叫上几声。黑黝黝的脊梁上淌着汗水,妇女们提着干粮与水,孩子们在一边疯得正欢。石磨旁的石碨上,几个白须的老人抽着旱烟,正有滋有味地品着。是啊,老人是在品着眼前如此惬意的生活,战乱灾难曾让他们流离失所,这个弹丸之地的坞堡终于让他们有了安居之所。处在社会最底层的他们,对生活的奢望也不过如此。他们固守着这一片土地,在土地上辛勤地劳作,然后填补着一天天的日子,一家人安安稳稳过下去。他们需要安宁,需要一道屏障,把天下汹汹的战乱与灾难阻隔在墙外,也把惊惧与流离阻隔在墙外。他们将在城堡内营造和谐的百姓生活。

坞堡平静的生活并没有磨蚀人们对生活的向往,一日又一日,杨家堡的人们就这样编织着美好的憧憬。只是,在那个时代,和平的时候毕竟很少,这样那样的灾难总是不期而至。或许,就在某个不定的时候,会突然传来土匪攻堡的警报!只要是在这时,村中的男女老少,以锄头铁锹等为武器,守卫着城堡。壮年的在城墙上,朝下扔石头。弓箭手、梭枪手,一一准备,堡主大吼一声"打——",刹那间,石头纷纷从天而降,箭簇如麻,顿时,一片鬼哭狼嚎。就这样,一次又一次的抵御,喊杀声响彻了半个天空,乱溅的血水也染红了半壁城墙。坞堡的居民打得痛快淋漓,为了这一方来之不易的安宁,他们绝不允许任何一个悍匪入侵,不允许任何人来破坏他们苦心经营的这一方宁静。等一切恢复了平静,他们就收拾好城边的狼藉,擦掉城门上的血迹,又开始各自过着寻常的日子。这种时而动荡时而平静的日子,城堡内的居民也早已习惯了。

如若遇到瘟疫,坞堡的人们是不用担心的,紧闭的两道城门就隔断了与外界的联系,瘟疫自然威胁不到他们了。即使灾荒的话,坞堡里的存粮够他们吃上三年五载了。坞堡里的居民以杨姓的宗族为主,他们共同劳动,一起享受,生活中互相体恤,危难时一起担当。世道的沧桑逼迫得他们如此智慧而又和谐地生存,生命力的顽强令人喟叹!

你看,那是什么字?我抬头循声望去,只见一户人家的门额上写着"耕读传家"四个字。耕读生活,不过是那时人们最原始最朴素的生活理想而已,即使在这封闭的城堡里,这样的理想也生生不息地被延续着。每天,城堡的上空都会升起缕缕的炊烟,城堡的大门都会按时"吱呀——"一声开了,接着,有扛起锄头的,赶着黄牛的,拉架子车的,纷纷出了城门,去附近田地里耕作。孩子们,则会背着书包去私塾里读书。晚上或者寒冬时节,他们就蜗居在城堡里,烤着火炉,点着油灯,读着文字,品着生活中的另一番滋味。就这样,城堡里的人们在这里年复一年,日复一日地过着寻常的生活。这种寻常的生活中坚持着一种向往,一种对朴素生活的坚持与执着。我想起故乡我家老宅子的正堂,门额上也写着"耕读"二字。是啊,千百年来,耕作劳息,读书教育,这是老百姓对生活最朴素的诠释了。

那个时代,兵荒马乱,民不聊生,要么被饿死,要么在战乱中奔波流离,生命的根无所依附。而这么一群人,他们没有背井离乡,没有随波逐流,他们抓住了这块生养自己的黄土地,把纤细的根深深扎入这块贫瘠的黄土地,努力地咂取生命的养分。来到这里,他们筑起家园的城堡,在此繁衍生存。匪来了就抵抗,匪去了就生活,一天又一天地过着平常而又不寻常的日子,坚持着对生活的憧憬,顽强地延续着生命的气息。

坞堡本能自保,但防御的更大意义是为了更好地生活、图存,年复一年,寨子的居民在寻常的生活中,他们的视野,已远远不在于堡内这块巴掌大的天地里了。他们选择了坞堡,也只不过是借坞堡之穴,借坞堡的风水,而孕育着坞堡的精魂。那些城门房屋石磴上的雕刻花纹,那些每天清晨响彻在城堡上空的朗朗读书声,夜晚里在昏黄的油灯下读书的惬意,都仿佛在昭示着一种不息的灵魂。

这里的一切,原本都是这么的鲜活。

三

徜徉在坞堡内,处处弥漫着一种浓浓的书香气息。耕可致富,读可养性,堡内这种耕读的生活方式,已成为人们心中一种很知足的向往。张履祥在《训子语》里说"读而废耕,饥寒交至;耕而废读,礼仪遂亡"。小小的坞堡,如一个个的缩影,在历史的颠簸中,顽强地传承着历史的使命,生生不息,繁衍至今。一花一世界,一草知春秋,这如笋坞堡,食之可嚼到其甘味,临风可摇来远古气节,毫末关情,何况坞堡本就有一方天地。它承载的一切,就如一笋承载着大山的一切一样,虔诚地固守在这一片贫瘠的黄土地上。至今,在很多农村地区古旧住宅的匾额上,还能经常见到"耕读传家久、诗书继世长"等字样。

这块土塬黄了又绿,绿了又黄。坞堡也在岁月的风蚀中,终将从我们的视野中渐行渐远。形式上的坞堡终将湮没,这个形体因为承载了太多的记忆而沉重,这些记忆的湮没,才是最可怕的。这里的留守者,淡然地守护在这里,不仅是一种生活的选择,更大意义上,是在延续着一种记忆,激活着一种思考,更是在传承着一种精神,凝聚着一种力量。

　　在一扇精美的窗棂前,我站立良久。透过这些并不奢华的装饰,我想象着当年的喧闹和欢腾, 静听着窗棂那边有人在轻轻诉说着城堡的故事——土匪与灾祸, 婚姻与收成……他们小心翼翼地在防守严密的城墙中,智慧地经营着自己的家园。

　　要离开城堡了。我知道,留守的意义,已不仅是在形式上了。

　　又起风了。我站在那条纤细蜿蜒的小路上,身旁是疾风"嗖嗖"的声响。城门土堆旁的那截断壁残垣依旧耸立着。这截断壁残垣不知何时也会在岁月的侵蚀下化为乌有。然而,我却没有一丝的悲凉。我想,就是再过百年千年,这里一定还叫乌堡,还有人讲述着关于它的故事。

　　身旁,风依然遒劲沧然。

道口守望

一

我对道口充满了愧疚之情。

我一直以为道口不过是一个微不足道的小地方，唯一能让我有点印象的大概就是"道口烧鸡"了。

2011年初春，我因参加省中语会来到了滑县道口，当宽阔辽远的大运河突兀地展现在眼前时，一种巨大的震撼让我久久无语。

其实，道口是一个有着千年厚重文化积淀的古镇，是隋唐大运河卫河段的一个渡口，位于黄河左岸金堤之上。明清时候，道口就已发展成为一个商贸重镇。那时，道口码头上下航运繁忙，商贾云集，日进斗金，素有"小天津"的美誉。而如今，道口竟成了当地人对滑县的另一种称呼了。抛开时间给予的美名，其实，道口只不过是一个镇而已。

会议一结束，我就迫不及待向当地人询问关于古运河和老镇子的情况。

一位出租车司机告诉我，古运河不过就是以前大运河的一段河槽，河两岸都是一些以前的老房子，没啥好看的。可是，他越是这样说，我心头的造访愿望愈是强烈。或许，对于一些旧的古的东西，我的心里总有一种莫名的情结。见我主意已定，那个司机就给了我一张名片，说那边老街深巷的，一个女孩家要是迷了路，就尽管给他打电话好了。我感激地朝他点了点头。

阳光煦暖地照着，我走在道口的街上，随处可见的是一家家烧鸡店铺，离不远处，都能闻到缕缕的香气。街头拐角处是新华书店。进去转转吧，说不定能淘到什么好书。这也是我一贯的嗜好了。

书店很静，只有几个人。进去，我随意翻起了一本散文集，午后的时光正适合看散文。只是，看了一小篇，我的心绪却怎么也宁静不了。那些未曾谋面的古运河和老房子，总时不时从我的脑海里跳出，它们此时是否也在太阳下安静地晒暖？当年隋炀帝为了便于南北纵向政治经济文化的沟通交流，便决定开凿大运河，用水把东西南北连起来。大运河以洛阳为中心，通达了我国黄河、淮河、长江、钱塘江、海河五大水系，把几个大水系变成了一个水系，组成一个巨大的水网，开凿全长两千七百多公里。从此，中国大地的东西南北可以畅通来往。是大运河，让隋炀帝几乎把整个中国国土真正完整地纳入自己的王权范围，宛如揣在自己的怀里，历史上也第一次真正开创了融会贯通和大统一的局面。那时，运河上,桅樯如林,舟楫如梭,"半天下之财赋,悉由此路而进"。而今,这条我国古代南北交通的大动脉,是否还依然在汩汩流淌呢?

就在此时,一位年轻的女子走了进来,她胸前挂着一个"滑县研修员"的会牌。见此我心里一喜。这时她正好抬起头,我们目光相遇,她微微笑了笑。我问,您是本地的老师吧。她点了点头,她说她叫琳,然后拿起那个会牌说,你看,不过这上面没写名字的。我们顿时都笑了。简单随意地聊了几句,也许是她得知我是转了两次车坐了将近八个小时的路程,并且在此只仅留一天的时候,也许是她感觉到了我去看古运河和老房子的想法如孩子般强烈的时候,她竟然微笑着对我说,我陪你去看看,好吗?这份不经意的真诚,让我的心头为之一震。又是一副热心肠,再幽深的巷道迷人的只有古韵,而不是迷路了。

只记得,她的目光,清澈宁静。

二

春寒料峭的豫北平原,放眼望去,平整的麦田一望无际,空气里到处弥漫着温润的泥土气息,几排笔直的杨树矗立在田间地垄,枝条将舒未舒。长居山区的我,就若脱笼之鹄,心头也顿时豁然舒展。

我脚下的古运河此时显得有些萧条,一条地势低洼的河道赫然映入眼帘,宽大的河槽里只有一小绺河水,河槽里另一边是堆积的淤泥,上面种上了麦子。河两岸是两排稀疏的杨树,在阳光下哗啦啦地响着。我的心头一阵失望,眼前的古运河其实不过就是一个瘦水沟,空荡的河槽,滞流的河水,若一个孱瘦的老人,蹒跚着脚步,那空荡的衣襟,在风中被扯来扯去。河的两岸还残留有不少石板铺就的台阶,据说就是当年停靠行船的河埠头。水退隐的脚步太快了，运河边的人都跟不上节奏，我更跟不上，这运河还能承载运输吗？大概只能承载着怀想，记忆了。

沿着大运河的堤岸漫步，望着缓缓流淌的卫河水，遥想千余年前的大运河，这里帆樯林立、千帆竞发，"商船旅往返，船乘不绝"的繁忙景象若在眼前：河埠头，商贾熙熙攘攘，岸边，茶楼酒肆，不计其数；瓷器珠宝，遍布两岸。船夫悠长的号子声，戏社铿锵的太平调，夹杂其中，热闹非凡，一派繁荣。

我们向前行走着，一座座灰色砖头修葺的房屋静静地矗立在道路两侧，斑驳的大木门虽经风雨侵蚀却依旧牢固，一条条铺着青石板的胡同蜿蜒在房屋间，青草和苔藓丛生。一些矮小的旧房在静默着。还有一扇木栅栏的大门两旁，贴着鲜红的对联，增添了一些鲜活。漫步在老街古巷，倾听着琳详细的讲述，我仿佛在翻阅着一本破损的陈年古籍，又如观看着一部无声的黑白电影。

从河岸直通向当年的十字大街，其中的一条叫作水街。当年这里人饮水都是从卫河汲水，这条街道就是汲水的必经之路了。水街，多富有诗意的一个名字，让人禁不住对当年的情景产生了几分遐想。每天早晨，这条窄窄的街道上就排满了挑着水桶的人，挑水的担子晃晃悠悠，吱吱呀呀的扁担声，在光滑的青石板上此起彼伏，更有财主家的长工，套了牛车来拉水，长长的吆喝声在小巷和卫河边回响。

在大集街路北，有一处格局欧式化的洋房，具有典型的南方建筑特色，这就是当年的"同和裕"票号，始建于清末，是道口现存为数不多的老字号之一。在水街的尽头，是道口老城十字大街的街口，正对水街的就是道口镇的"义兴张"烧鸡老铺子了。破损的木门，还挂着一把锈迹斑斑的铁锁，门额上残留着不知何时贴上的年画对联，屋顶上参差不齐的蒿草丛生，偶尔，一两只不知名的鸟雀从蒿草丛间惊飞，蹿向了远方。这就是我眼前"义兴张"烧鸡老铺子了。房子虽然已经破旧，但仍旧气势宏大，它的周围还有几座风格相近的老宅院，与新盖的楼房掺杂交织，历史的凝重和现实的凌乱构成了一种穿透时空的奇异风格。

"道口烧鸡香，首推义兴张"。遥想当年，这间"义兴张"在当地应该是首屈一指的烧鸡铺子了。据滑县县志记载："义兴张"道口烧鸡的起源可以追溯到清顺治年间（1661 年）。清乾隆年间，义兴张创始人张炳以煮制烧鸡为生，由于当时制作简单，配料不齐，烧鸡并不出名，生意也不景气。后来，张炳偶遇一位在清宫御膳房当过御厨的老朋友，在这位御厨的指点下，他精心制作，烧出的烧鸡果然迥乎往常，不仅色香、味美，异香扑鼻，而且熟烂离骨。从此，张炳的烧鸡声名大振，生意兴隆，顾客盈门。因他姓张，又取"义友济兴"之意，就把烧鸡铺号定为"义兴张"。自此以后，道口烧鸡便一代代地传下来，既传家珍绝技，又传百年老汤。那时没有像现在的方便面之类耐放方便的食品，而道口烧鸡味美耐存，正应了在外旅客的需求。当年来来往往的船只要在河埠头一靠岸，络绎不绝的人流便涌向了这里。走过短短的水街，买上一两只烧鸡，客商回船解缆开拔，从此，道口烧鸡通过这些客商的口口相传而名扬天下，成为一个有口皆碑的名牌了。

道口烧鸡因运河而美名远扬，运河又因道口而生生不息。而今，这里曾经一度繁荣的烧鸡铺子不知何时早已迁居别处了。现在，只有这座老铺子依然矗立在街头，遥望着不远处的古运河从眼前流过。它细数着河中的船只，叹息着，守望着，也希冀着。

　　这里先有了大运河,而后才有了道口小镇,道口因运河而生,又因运河而旺。大运河开凿后,几十座沿河的繁华城市几乎在一夜之间也诞生了。人口的相对集中,人才的聚集,各行各业也得到了繁荣发展。人越聚越多,名气也越传越远,终成气候,历史上也就留下了永久的记忆。如今的洛阳、扬州、北京等城市都是当年隋唐大运河所造就的城市。大运河就是城市的催生婆,且多子多福。

　　街上人也渐渐多了,离新城也渐渐近了,眼前竟然有两间夹杂在新楼大厦间的老铺子,矮矮的,稍一伸手就能够着屋檐,一侧的屋顶已明显倾斜,看似摇摇欲坠。令人惊讶的是,就是这样的房子,竟然在经营着买卖,铺子的货架上陈列着日杂商品。此时,正好有一个骑着摩托的年轻人提着一小袋东西刚从里面出来。道口,多少破败的老房子已蒿草丛生,斑驳陆离,它们仿佛经不住岁月的侵蚀,看淡了沉浮,干脆用一把铁锁,从容地锁住往昔的繁华,直至生锈。而这两家小小的商店,比起那些现代的高楼大厦的超市来说,这算不了什么,它甚至没有自己的名字,然而,它却实实在在地存在于一些人的日子当中。它,仿佛在延续着往昔生活的别样气息,在坚守着什么。

　　从老街古巷穿过,踩着光滑的青条石板,我仿佛踏在一只只历史的黑白键上,沉入心头的,是一首于平平仄仄中沉郁悠扬的古韵……

　　琳对我说,她也喜欢这些老街古巷,走在其中,仿佛又回到了很久以前的时光。她又说,政府现在已经挂牌保护这些老房子了,禁止拆迁。我心头不觉一怔,这真是好事啊。

　　"咱们拐回去,从老街穿过去,一会儿我带你去看县委院。"她说。我不解,县委有什么看头。琳笑了笑,"看了你就知道了,县委院还是文物保护单位呢。"我惊诧不已,脚下不觉加快了步伐。

三

一律是青砖的瓦房,木格玻璃的老窗,一个个整齐的小院,有序地陈列着。其中青松林立,竹影婆娑,光线斑驳。再加上不时有小鸟啾唧,清幽肃穆。这就是县委大院?若不是进门时我看门牌的话,还真以为自己进错了地方呢。

这里真好,我也喜欢这地方。我随口说道,转而一想,便不觉尴尬地笑了起来。她也笑道,我明白你的意思。她接着向我介绍,这些房子都是上个世纪五十年代的房子,一直保存完好,很少翻修。我点了点头,来到这里,感觉仿佛又回到很小的时候了。

不觉天色渐晚,琳邀请我去她家的字画店"六和斋"。名字很雅,也富含意蕴。天地人,情境意,即六和,这与道口的整个气韵很吻合。小店内,书香润脾,墨韵盈室。主人热情招待,笑谈之中,仿若多年老友一般亲切。店主人让我欣赏了别具风味的滑县木版年画,真是版上世界,画里乾坤。

听朋友介绍,滑县木版年画是我国一种历史悠久的年俗艺术。滑县木版年画创始于明朝初年,历史悠久,源远流长。它以神像与族谱(祖宗轴)为主,与过年时的精神崇拜和祖先祭祀紧密相关,它承载与折射着老百姓的信仰与迷信,承载了归宿性的"精神家园",是直接而率性的。天津大学冯骥才文学艺术研究院毛瑞珩副教授在《滑县李方屯年画〈全神图〉中的信仰心理研究》中这样写道:"我们不能简单地把民间信仰一概斥为迷信。深入其内在的信仰心理,就会发现,在貌似盲目的祭拜仪式背后,却隐藏着人类共同的、基本的心理需求。解读他们的信仰方式,也就了解了人与自然最直接的关系。"在那个时代,在那个古朴而浓重的喜庆春节里,这里的人们,家家户户都把年画悬挂在最显著的位置,把对生活的所有希冀都寄托在这年画上,这是一种多么淳朴而虔诚的向往!

我看着眼前悬挂的木版年画,工艺精细,人物造型粗犷豪放,线条刚劲饱满,颜色艳丽,构图对称和谐,富有乡土气息。上面的神像陌生而熟悉,仿佛传递着一份古老而神秘的信息,历史的久远与虔诚并至。我知道,每一幅滑县木版年画都代表了当地人早期的一种信仰和崇拜,它承担着人们祈福迎祥、趋吉避凶的期盼。疏朗俊秀的滑县木版年画以其独特的绘画风格,为我们展现了中原大地悠久而厚重的文化历史,更为我们研究中原民风民俗文化打开了一个崭新的窗口。

琳还告诉我,目前县城,木版年画就他们一家制作经营,下边乡镇还有很多经营举步维艰的年画老店。木版年画就是他们的古运河,他们在努力地保护传承着历史遗留下来的这份厚重文化。冯骥才先生曾惋惜道:"滑县木版年画是中州大地上一种失落的文明,一个被历史遗忘的辉煌……"看着墙上镜框里他们与一些专家的合影,听着他们滔滔不绝的介绍,我感受到了滑县人对于木版年画的那份热爱与执着坚守。敬佩之心油然而生,我想,遗忘的总会被时光铭刻,失落的已被人拾起,应该为此而感到欣慰了。

是的,滑县文化因运河而意蕴厚重。当年大运河的滔滔碧波,源源不断地把中原文化带到了北方,也带到了南方。同时,北方草原的游牧文化和南方的吴楚文化也随着运河的洪波滔滔而来。滑县人以宽厚的胸怀接纳着、融入着、丰富着民族之间的融合和交流。而今,他们仍然坚持着,在这片意蕴丰厚的土地上殷殷守望着。

夜色渐浓,琳与老公邀我一起吃饭。盛情难却,饭桌上,几样家常菜,三碗小米粥,一只特意让我品尝的道口烧鸡,我是个讷言的人,只有把感激之情藏于心头了。烧鸡余味悠长,仿佛就如这千年商贾文化熏陶下的滑县人,热情之余会让人感到融融的春意。这份珍贵,今天我如此幸运地邂逅。

晚饭毕,琳一家又送我回宾馆。滑县的回味,是家常味,是道口烧鸡味,是也不是,当我路见欧阳公高大塑像时,八大家文气也是滑县足足的一味。路过欧阳书院,琳给我指看广场上欧阳修的雕塑。夜色中,透过隐隐的灯光,望着欧阳修的雕像,我无法辨清他的神情。

欧阳书院,是欧阳修任滑州通判时的住所,是全国四大书院之一。书院内建有富丽堂皇的画舫斋和秋声楼。画舫斋是欧阳修的"燕私之居",为欧阳修所造,秋声楼位于画舫斋之后,因《秋声赋》在这里所作而得名。自宋以来,许多文人墨客慕名而来游览,并于此凭吊赋诗,立碑铭文,用以表达对这位先贤的崇拜与怀念。欧阳书院是在欧阳修的画舫斋宅第设立的书院,历代当政者曾多次进行修葺。

"此秋声也,胡为而来哉?盖夫秋之为状也:其色惨淡,烟霏云敛……"抑扬顿挫的诵读声仿佛透过清冷的夜色传来,激情昂扬又沉郁顿挫。这篇赋作于仁宗嘉祐四年(1059年)初秋,时作者五十三岁,已至生命之秋季。在此之前,欧阳修曾写有《与高司谏书》和《朋党论》,直斥谏官高若讷趋炎附势的卑劣行径,反击保守派对范仲淹等革新派人物的诬蔑。但他的政治理想并没有因此得到实现,反而屡遭贬官。欧阳修的《秋声赋》,既是自然之秋,更是人生之秋,是他饱经忧患的人生感叹与疲惫心灵的倾诉。

然而,画舫斋却给了欧阳修以心灵的栖息。在这里,欧阳修内心渐渐沉静下来，是滔滔的古运河让他顿悟了人生沉浮的无常……欧阳修被贬于此，我想，这是他的不幸，也是他的幸运，更是滑县人的幸运。欧阳公在这里不负众望，他以画舫斋为依托，精修教化，把自己融入了这片厚重的土地。同时，他又以自己的文化人格与魅力传承着教化的精要，成了滑县人心中的伟人。那座雕塑高高耸立的就是滑县的纯化之心，这些早已沉淀于古运河的底流之中。滑县人拥有了如此深厚的底气，才会从容面对南北文化的融合与交流，多一份虚怀接纳，少一份市井俗气。欧阳公虽然走了，但他那悲寂的心怀定会充满着从容的暖意。

暮色中，滑县产业集聚区矗立着座座高楼大厦，整齐宽阔的街道，辉煌明亮的路灯，这个古老的城镇洋溢着一种浓郁的现代化气息。想起古运河岸边的那些老房子，我感受着滑县的巨大变化。发展中的滑县，已向人们昭示着一种精神：滑县人不仅善于继承，更勇于接纳的宽厚胸怀，就如大运河一般。滑县县委、政府对大运河的综合保护和开发，现在，大运河正在申报世界文化遗产。我想，那条碧波荡漾的运河之水定会潺潺流淌，滋养着这一方水土一方人，浸润着那不曾湮没汩汩流淌的文化之脉。

要离开了，回头望望这座并不太繁华的小城，心中突然有种难以割舍的情结。仅仅一天的逗留啊，我问自己，让我心中纠结不舍的，是那条沧桑的古运河和那些经年的老房子呢？还是那让人回味无穷的道口烧鸡？抑或一见如故的琳？我就要别过滑县了，真想再握握琳的手，她说要为我送行，可是我谢绝了她，但此刻我却又格外想见她。滑县——道口的邂逅，就是这样。

滑县，历史中一个寻常的埠口，在千年历史的长流中沉沉浮浮，我想，浮上去是沧桑之中那场如昙花般的繁华，这些也早已随着古运河而悄然远逝了。眼前,古运河一日日地消瘦了。我知道,它也许会在不远的将来,会彻底干涸断流。而沉淀下来的,却是运河文化的精髓所在,厚重运河历史文化的基因早已融入了这一方水土的血脉之中,不知不觉间熏陶并守望着在这一方土地上过活的人们。忽然,一阵风袭来,在空荡的河槽里窜了一下又溜走了,风去了无痕。而这里,早已羸弱的古运河却依然向前汩汩奔流。行走在运河岸边,我感受着这方土地的一呼一吸,仍分明可辨那从遥远跋涉而来的浓重水汽。

　　如今,黯淡了如烟繁华,远去了点点帆影,这条曾承载民族兴衰的古运河,在无声地守望,等待着涅槃的那一刻。仅仅一天的时间是难以真正读懂这片厚重的土地的,只是,心头的愧疚与不安早已散去,取而代之的则是油然而生的敬佩与欣然。我期待着,有一天再来滑县的时候,还会见到古运河泛着粼粼的碧波,运河两岸,繁华若市,当年的"小天津"又鲜活地向我们走来。"幢幢市人影,似闻嘈嘈声。"桥边埠口,流水汤汤,帆船林立,星月在树叶间流泻,从小镇鳞次栉比的屋宇间传来了呼唤孩子归家的喊声,悠远绵长……

明朝那抹嫣红

当落日的余晖映红了瓦灰色的长墙，铁狮子胡同在暮色中显得别样沧桑。我漫步在这昔日的王府胡同中，不禁感慨万千。胡同因之命名的那对铁狮子早已不知流落何方，如果它还在的话，一定能告诉我许多明朝那隐藏的历史故事……

明末，这对铁狮子是崇祯宠妃田贵妃之父田弘遇府邸门前的镇宅之物。这对铁狮子不知目睹过陈圆圆多少次翩翩起舞迎来送往，吴三桂在这里神采得意屡进屡出，李自成的大将军刘宗敏在这里飞扬跋扈……铁狮子胡同也因此就与晚明王朝的历史命运系在了一起。以此为出发点，陈圆圆的一生与崇祯、李自成、吴三桂、刘宗敏等一个个大明风云人物牵绊相连，演绎了一场场起起落落的传奇故事。

"恸哭六军俱缟素,冲冠一怒为红颜",这是明代诗人吴梅村在《圆圆曲》中留下来的美丽说词。吴三桂的"冲冠一怒"让历史改写,同时也毫不留情地让陈圆圆永远背负上了"红颜祸水"这副沉重的精神枷锁。这个出身微贱的小女子,不过是一个青楼的歌妓,然而她在历史的转折过程中,以个人魅力影响着大明风云人物的命运,甚至改变了那一段历史的进程。

到底是什么原因让当时的吴三桂引领清兵入关而成为千古痛骂的逆臣?难道真的是手握军权的乱世枭雄吴三桂无法舍弃一个女子?这个女子究竟是个怎样的人呢? 沿着漫长的历史足迹,我走近了这个女人,走进了那个风雨飘摇的王朝。

爱情的幻灭

陈圆圆本姓邢,出身于货郎之家,儿时父母就先后去世,由姨母陈某抚养长大。后进入梨园,以其声色独擅其名。她容貌昳丽,秉性温存,气质超俗,堪称是绝代佳人。清代学者陆次云称她是"声甲天下之声,色甲天下之色"。

在秦淮河畔这个地方, 陈圆圆遇见了自己心仪的人,他就是明末"复社四公子"之一的冒辟疆。冒辟疆饱读诗书,又风流倜傥,更难能可贵的是他正直不阿敢于和阉党叫板的气节,这更让陈圆圆以心相倾。

初次相见,冒辟疆就喜欢上这位名满江南的绝色佳人,少女的陈圆圆情窦初开,他们憧憬着美好的爱情,品尝着这份甜蜜的感情。两人依依不舍地告别,相约佳期再次相见。等到再次相逢之时,陈圆圆刚刚经历了险遭豪强抢走的风波。惊魂未定的陈圆圆见到冒辟疆,急欲托终身与他。然而世事无常，就在这个时候，冒辟疆的父亲正陷于李自成农民军的包围之中，他急于回家救父，哪有心思考虑男女情爱。冒辟疆回绝了陈圆圆。或许，乱世当头，谁也没心情谈情说爱，谁也不想承担更多的责任。话说到这份上，按理说陈圆圆该死心了，可是她依然表示愿意等待，此等痴情终于把冒辟疆的心焐软了些，答应了下来，陈圆圆立马"惊喜申嘱，语絮絮不悉记"。到了第二年，冒辟疆才再去找陈圆圆，此时，陈圆圆早已被人抢走了，这段缘分从此擦肩而过。

在爱情上，陈圆圆更为勇敢，更有对危险的感悟和直觉，比起冒辟疆的前瞻后怕、犹豫不决要决绝多了。如果冒辟疆当时勇敢果断些就给陈圆圆赎身，带回家中，定会成就美好姻缘，也不耽误救父。可惜枉费了这位江南大才子的名声，在人情世故面前踟蹰不前，不但辜负了圆圆一片痴情，也让自己空余悔恨。劫后余生的陈圆圆只想紧紧地抓住这份稍纵即逝的缘分，所想要的也不过是一份平淡而安稳的幸福。然而，就是这点小小的愿望也因为冒辟疆的怯懦而破灭，被明末的风云变幻所改变。

后来，冒辟疆娶了红颜知己董小宛，但陈圆圆的倩影仍像惊鸿飞过冒辟疆的心灵。在怀念董小宛的文章《影梅庵忆语》中曾说到："妇人以资质为主，色次之，碌碌双鬟，难其选也。慧心纨质，淡秀天然，平生所见，则独有圆圆尔。"从冒辟疆晚年自述的这段艳遇经历中，可以看出陈圆圆绝非一般的美丽，他对陈圆圆一直念念不忘，隐隐露出内心的不安和良心的谴责。

在晚明那天崩地坼的剧变中，个人的命运往往变得被动而渺小，但个人完全能通过自身的努力，去改变自己的命运，去影响历史的进程。然而，历史是不能假设的，一个偶然的因素不仅改变了陈圆圆个人的命运,也改变了大明朝的历史。若不是冒辟疆的父亲被义军所包围,若不是冒辟疆的优柔寡断,若不是冒辟疆救父亲耽误时间,若不是后来她被抢走送进皇宫……那么,陈圆圆与冒辟疆的爱情就是另外一个结局。也许大明的历史会拐向另一个方向。

这份美好的缘分终就如昙花一现般地美丽,人走了,爱情幻灭了,陈圆圆的心头一片荒芜。

英雄的回归

动荡的年代,是一个英雄与枭雄辈出的时代。

关于吴三桂和陈圆圆的相识有两种说法。一说是崇祯帝最宠爱的田贵妃死后,为重新蒙宠,田贵妃之父田弘遇重金将陈圆圆赎身,欲献给当今圣上。这时恰逢吴三桂进京,在田府相遇,结果是吴三桂对陈圆圆一见倾心,田弘遇为笼络吴三桂,于是欣然应允。另一种说法基本上也是大同小异,说崇祯对田贵妃宠爱有加,周皇后之父周奎为替女儿争宠,花重金将陈圆圆买来,欲送宫中争宠于皇帝。其时战乱频仍,崇祯无心逸乐。圆圆在宫中三个月后又回到周府,正好吴三桂来到周府,后来的情节就与上一个版本相同了。

在这段曲折的赎身、进宫、回府、相识过程中,围绕着陈圆圆,皇亲国戚和边关大将展开了一场无声的争夺。处处是权谋机变、宫廷斗争,而对国家当前的危机却不管不顾。

自努尔哈赤起兵反明、关外数十年的袭掠已经让明王朝北部边防摇摇欲坠,加上高迎祥、李自成领导的农民军起义,明朝的精兵良将已经在长期战争中丧失殆尽,最优秀的军事人才也在崇祯皇帝的猜忌和文臣党争中逐一凋零。而 1641 年明朝又遭遇"三百年来未有之饥荒,父子相食"的境况,内忧外患的大明王朝已经是风雨飘摇。

大明自万历中期以后,社会经济矛盾就已开始逐渐激化,商品经济出现了空前的发展, 金钱关系和市场法则凶猛地扩展到社会和政治生活领域。统治阶级和豪强凭借权力,兼并土地,贪污受贿,生活奢华,政治日益腐败, 阶级矛盾日益尖锐。虽然明朝统治阶级也认识到了这一点,并进行了内部调整改革来治理腐败,但却无法从根本上约束遏制本阶级的贪欲,只能静静地等待灭亡。

在这种大的历史背景下, 吴三桂和陈圆圆在田府见面了。一个英雄,一个美人,英雄爱美人,美人倾英雄,似乎也在情理之中。

宁远战事日紧,吴三桂急于返回边关。原本也想把陈圆圆带走,但吴三桂的父亲吴襄当时在京,劝他专心作战,待战事稍松时再相聚。历史仿佛再次重演,上次就因为冒辟疆的匆匆离去,断送了两人美好的姻缘。而这次别离的后果更要命,一个王朝的命运因此而改变。

1644 年正月初一,李自成在西安正式建国,国号大顺,改元永昌。7 天后,李自成就率领百万大军出西安,在当地船夫帮助下东渡黄河分兵两路长驱北京。吴三桂奉旨入卫京师,从锦州过山海关跟着到丰润,这个时候崇祯皇帝自缢煤山,大明没了,吴三桂只有撤兵退保山海关。前面是北京李自成的百万大顺军,而后面是占领老基地宁远的八万清军,往哪里前进都会是一场注定失败的激战, 此时的吴三桂已夹在了清朝和李自成的中间。该何退何进?这让吴三桂为难了。作为一个明朝的将领,作为曾经和关外打了多年仗的将领,吴三桂是不会轻易地投降满族的,他还是决定接受大顺政权的招降。

四天之后,北京城传来了陈圆圆被劫的消息,历史上便出现了"恸哭六军俱缟素,冲冠一怒为红颜"这充满戏剧色彩的一幕。吴三桂当时一听,便"霍然而起,拔剑掷案"喊道:"大丈夫不能保一女子,有何面目见天下人？此逆贼如此无礼,我吴三桂堂堂丈夫,岂肯降此狗子！"吴三桂的暴怒是可以理解的,父亲被拷打,只是一时之苦,自有申明昭雪之时,但妻子被人侮辱,则是一世之耻,再难清洗,再投奔辱妻之人做其下属,那是无论在道德上还是在情感上都难以接受的。吴三桂决定向李自成宣战！

事情的原委是这样的,当李自成率领号称"大顺军"的百万起义军攻陷北京后,就同大将刘宗敏等人开始了对前明官员残酷的追赃,吴三桂的父亲吴襄也在之列。为了追赃取得实效,刘宗敏四处抓捕、严刑拷打,整苦了那些没有跑掉的明朝遗臣们,北京城也随之陷入白色恐怖之中。就连百姓也未能幸免。据《流寇志》记载,在刘宗敏的鼓动和纵容下,"大顺军"几乎是见人就抓,见财物就抢掠,而且不分富户与百姓,稍有争执和反抗,就随意大开杀戒。与此同时,淫掠民女的事件也多有发生。更让人遗憾的是李自成对山海关战略位置的重要性认识不足,对大顺朝的主要敌人满族的威胁认识不足。他竟然对山海关总兵吴三桂全家和亲属三十八人进行了拘押,其父也被"拷掠甚酷",更严重的是,不论是刘宗敏还是李自成,他们都不该做掠抢陈圆圆这样的事情。然而,他们确确实实地做了掠抢陈圆圆这件事。

就在他这一念之间,吴三桂、李自成以及中国历史的运行轨迹也因为陈圆圆这个女子而发生了一次意想不到的逆转。陈圆圆从此便成了吴三桂降清叛明的罪魁,断送了李闯王辉煌前程的红颜祸水,让大明遗民唾骂不已。

一个小小的弱女子,似乎成为历史触角中一根敏感的神经。难道一代枭雄果真是一个敢为爱情而担负身后滚滚骂名的人？

事情并不是这么简单。在明末清初的历史舞台上，吴三桂是个对当时局势有着举足轻重的政治军事强人，他兵居山海关，拥有着大明最后一张军事王牌——关宁铁骑。李自成显然也意识到了这点，多次招他归降，曾"令诸将各发书招三桂"；在三月底携带四万两白银前往山海关，赏赐已经 14 个月没有军饷的吴部；并再次派人"携带万两白银和黄金千两给吴三桂，并发书封侯"；同时令吴三桂父亲吴襄写信招降吴三桂。在经过一番内心的挣扎和权衡后，吴三桂决定投降李自成。按说进行了一轮政治抉择后，历史应该顺着这个方向发展，但戏剧性的是，又出现了抢劫陈圆圆的变数，这无疑给吴三桂本来就犹豫的内心以致命的打击。如果说吴三桂对李自成严刑拷问明朝官员的行为心存不安和怀疑的话，担心李自成的招降是个陷阱，那么陈圆圆的遭遇让吴三桂对李自成彻底失去了信心。问题的根源还是在于被胜利冲昏头脑的李自成和他的将领们的自大和狂妄，在于大顺军的放纵。从一开始，李自成就没有一个明确的政治目标和纲领，没有制定一系列正确的国家方针和政策，进了北京烧杀掠夺纵情享乐丧失民心，这支农民军只不过是一群流寇。这么说来，吴三桂冲冠一怒为红颜，确实演绎了一个英雄浪漫的爱情，虽然还有更深的前途的考虑。

吴三桂带清兵打回北京，能碰到依然活着的陈圆圆，也是他意料之外的收获。在战乱中流离失所的陈圆圆，此时见到吴三桂，几多惊喜，又有几多无奈。不管吴三桂引清兵入关的动机是什么，也不去管什么民族大义，他为她做出那么轰轰烈烈的事情，也会成为她一生唯一值得安慰与自豪的事情。

绝望的抗争

陈圆圆一路走来。

在吴三桂戎马倥偬的那些年里，陈圆圆一直紧随其左右，为他消愁增乐。但在陈圆圆内心深处，对吴三桂一直抱有希望，希望他有朝一日幡然悔悟，为反清复明尽臣子之忠。

机会终于来了。

当时南明新朝廷已经控制云南、贵州、广东、广西、湖南、江西、四川七省，还包括北方山西、陕西、甘肃三省一部以及东南福建和浙江两省的沿海岛屿，清军后方的抗清力量也发动了广泛的攻势。逃到南中国的南明朝廷并不知他已经投降清朝，南明弘光皇帝还称赞吴三桂"雪耻除凶，功在社稷"，并封他为蓟国公，派专人将五万两白银的赏赐从海路运送给他。陈圆圆见此，就起心劝阻吴三桂弃清投明，以尽忠义之道。可惜吴三桂并不听陈圆圆的苦心劝导，执迷不悟的吴三桂谢绝了南明政权的一切赏赐。他不惜将曾是自己君主的大明王朝置之死地，在大江南北掀起滚滚硝烟。

更让陈圆圆心灰意冷的是，当吴三桂以兵势从缅甸索回了永历皇帝，陈圆圆认为这是拥明复兴的好时机，连忙劝吴三桂趁此机会推出永历帝，对清兵反戈一击。她深切地说："如此可成不世之功！"在这个时刻，陈圆圆能以民族国家为重，说出如此睿智大义之话，实属难得。只是可惜，吴三桂却不想放弃到手的权位重新立马横刀，最终将永历皇帝绞杀了。天下人大失所望，陈圆圆最后的一丝希望从此破灭。

陈圆圆，只有在旁边默默地看着这一切，不免黯然神伤。在她的心里,自己曾经仰慕过的英雄吴三桂渐渐地模糊了,疏远了。而今,站在她面前的,是一个利欲熏心面目愈来愈狰狞不堪的陌生面孔。作为一个女人,她能怎么样呢?她没有与他决绝的勇气与能力。

昆明稳定后,吴三桂将五华山的永历皇宫重加修葺,建成了平西王府,俨然就是西南边地的土皇帝。吴三桂冠冕堂皇地以王爷自居,并提出封陈圆圆为平西王妃,陈圆圆却不肯接受,她提出:"妾出身卑微,德薄才浅,能蒙将军垂爱已属万幸,实在不配贵为王妃,宁愿作侍妾追随将军左右!"

陈圆圆此举着实令吴三桂费解,别的女人不惜争风吃醋为的就是一个名位,而陈圆圆竟然把送上门的名位拱手推出。为何陈圆圆会做出这样不可理喻的举动呢?陈圆圆自有她的一番苦衷,面对吴三桂日益膨胀的狼子野心,她早已深深地失望了。她很清楚,接受王妃的封赐,无疑是让那莫须有的精神枷锁更加深重。且看她此时写的一阕"丑奴儿令":

满溪绿涨春将去,马踏星沙,雨打梨花,又有香风透碧纱。
声声羌笛吹杨柳,月映官街,懒赋梅花,帘里人儿学唤茶。

为了自己吴三桂不惜引外族入关,毁灭大明王朝,背弃朝廷及家人,落下了重重罪名,这一切虽然谈不上是她的过错,可毕竟与她有关,让她自感罪孽深重,哪里还有心思去做王妃。

那些所谓的红颜祸水、所谓的祸国殃民,所有的国破家亡、所有的骨肉离散的痛苦与罪名,全都倾注到了这个可怜的女子身上。王朝倒坍的碎瓦,无奈地砸破了一个女子的豆蔻年华;历史颠覆的战车,无情地碾碎了她柔弱的希望。

无声的归隐

十几年的坎坎坷坷,她看透了人世间的沉沉浮浮,生生死死恍如过眼云烟,她对一切都已看淡。希望变成了绝望,何处能安顿陈圆圆这颗支离破碎疲惫不堪的灵魂?

此时的吴三桂整日纵情声色,把人老色衰的陈圆圆抛到了一边。陈圆圆绝望地掐断对俗世的最后眷恋,上书吴三桂,欲出家到洪觉寺蓄发为尼。吴三桂也就顺了她的意,并为她修了一座寺庙,赐名"金蝉寺"。也许,这是她最好的去处了,只有在这里,她那疲惫的心灵也许在忏悔中才能得到一时的安宁,迷惘的灵魂才会在超度中得到暂时的安顿。

旧日繁华事尽删,春秋愁锁两眉弯。珠襦已分藏棺底,金碗犹能出世间。

离合惊心悲画角,兴亡遗恨记红颜。看他跋扈终何益?宝殿飘零碎瓦斑。

她知道,她不能阻止吴三桂,也无法安排自己的命运。她也很清楚,吴三桂如此下去将是悬崖之马,等待他的结局将会是什么。一直,她就这样静静地看着。

康熙十七年(1678年),已经是强弩之末的吴三桂在衡州称帝,国号大周,同年秋,就在焦虑中死去。吴三桂死后,叛军无首,很快瓦解。两年后,清军攻入昆明,吴三桂的一切从此结束。

当寺院住持把吴三桂兵败病死的消息告诉陈圆圆后,陈圆圆很平静:"三十多年的冤孽债算是了结了。经过这些年,我了解到他只不过是一个表面逞强、心地狡诈、患得患失、反复无常的小人。在我的心中,吴三桂早就死了！"这一切都似乎在她的意料之中。

　　吴三桂死后，为了防止清军对吴三桂诛灭九族，陈圆圆便带着吴三桂的儿子吴启华及孙子等逃到了贵州的一片原始森林里面。据说那里现在已经发展为一个村落，住的都是吴三桂的后人。

　　还有一种说法，在一个叶落萧瑟的深秋傍晚，陈圆圆正伴着青灯古佛，虔诚诵经拜忏时刻，突然总督亲自带领兵丁，前来查抄。陈圆圆从容走到窗前，遥望着秋水长天，双手合十，安详地跳进了池里。池塘惊起的水花犹如一个大大的惊叹号。

　　关于陈圆圆的下落没有历史的记载，陈圆圆究竟是死于何地，葬于何处，至今仍是个谜。我想，第一种说法似乎更为合情合理一些。陈圆圆毕竟是陈圆圆，她性格中的阴柔顺从决定了命运的结局。

　　从被卖身到秦淮河边，到被选送来北京，再到成为冲冠一怒的绝对主角，最后直至无声归隐，陈圆圆的一生虽然被命运所牵绊，在历史的潮流中身不由己随波逐流，但她也努力以自己的魅力去影响历史的进程。可惜的是死后墓葬难觅，芳魂不知所终，令人慨叹。

　　回过头，当我们再重新审视明末清初这段历史时，视线就愈来愈清晰了。若吴三桂没有投清，小南明或者尚且可苟延一段时间，然而以李自成之嚣张，以多尔衮之雄才大略，以小南明朝内的党争之烈，南明之亡也是指日可待的。清军垂涎大明江山已久，取而代之是迟早的事，八旗兵马早就整装待发，入侵中原，根本不需要什么通行证的。吴三桂投清，不过是在明朝三百年江山这一摇摇欲坠的瘦骆驼身上，压上最后一根稻草罢了。吴三桂与陈圆圆的艳情，转移了人们的注意力，混淆了历史的视野。这些喧宾夺主的儿女情仇，遮掩了国家兴亡的真实内幕。人们过多去关注那被夸大了的吴三桂与陈圆圆对改朝换代的影响，谁还顾得上去总结明亡与李自成失败的教训呢。

　　一部晚明史让人心情沉重,感慨万千。在民族矛盾紧要关头,那些自诩为中流砥柱的男人们首先考虑的仍然是现实现世的利益,他们甚至可以抛弃自己的道德和人格。而一弱女子陈圆圆表现出的非凡的民族大义,无疑给这暗淡的晚明历史带来了一抹嫣红。

　　铁狮子胡同里依旧寂寥,一阵风刮过,在胡同里久久不止,仿若铁狮子那长长的叹息!

绝　唱

一

　　我不信佛,今天,却在普救寺聆听着千年一叹的爱情绝唱。

　　眼前,红墙青瓦匝绕,古塔巍然屹立。绿树丛中,殿台楼宇若隐若现。

　　普救寺坐落在山西永济市蒲州古城东不足十里的小山坡上。殿宇凭借着高原顺势而上,雄浑挺拔。南面,是巍巍的中条山。西边,滔滔的黄河如一条白练向东飞逝而去。寺前就是当年长安经蒲津关通往并州太原府的古驿道。

炎炎烈日下的普救寺更为静谧，沿着古驿道，我们趔趄而行。我知道，唐代大诗人元稹是从这里走进普救寺的，接着，莺莺坐着马车来了，张生也骑着马来了。一次纯属意外的相助，却促成了人海两端的男女仿佛蓄谋已久的相见。从此，四大皆空的佛门净地便成了爱情的圣地。

一个不该发生爱情的地方发生了爱情，一块禁欲至上的"净土"也燃烧起了热烈的情欲。从此以后，普救寺内的诵经声里多了一些世俗味，就连寺内的舍利塔也被改成了"莺莺塔"。我喜欢这样的寺院，本身就是世俗的教义，有了男男女女，才是真正成了寺院。

一个爱情故事发生在一座寺院里，这真是一件撩人心魄的事情。

二

跨进普救寺的大门，迎面便是一阶高高的石梯。正午时分，游人稀少。我们拾级而上，石阶两旁护栏的铁链上缀着许多锈迹斑斑的同心锁。此时，身边走过一对牵手的情侣，他们脸上露出幸福的笑容。我似乎得到了某种暗示，脚下不由地加快了步伐。

登上平台，是大钟楼。普救寺大钟，上面的镂刻花纹还依稀可辨。当年的普救寺，应该是钟声悠扬，香火缭绕，人群熙攘，多少善男信女来这里拜佛祈福，这悠远的钟声不知摆渡过多少迷惑的心灵。而今，在它前面只有十几米的观战台上，几个游客正兴奋地擂着大牛皮鼓，给这夏日平添了些聒噪。尘世的喧嚣恐怕已让许多人无法净心向佛了。

不觉间已走在塔院回廊，这里树木葱茏，白亮的阳光洒在地上，斑斑驳驳，让我恍惚迷离。回廊四周墙上的一幅幅壁画，向我们诉说着那个关于西厢的爱情故事。崔相国的遗孀郑夫人为了躲避兵荒马乱，带着女儿莺莺,丫鬟红娘一行人暂居在普救寺。接着,洛阳才子张生在去长安赶考的路上,被这里的迷人风光所吸引,也来到了寺院。

一个月色溶溶的夜晚,正在此赏月的张生,无意间看见大雄宝殿前的过道上,闪过莺莺婷婷的身影。从此,张生便陷入了相思。

也许世间总有太多阴差阳错的凤缘,此时的蒲州正遇兵匪,家资殷实的郑夫人惊惧得不知如何是好。而此前,张生正好与蒲州将校的朋辈颇有交情,于是便请军官保护她们,这才免于一场劫难。事后,郑夫人感激不尽,就设宴款待张生。这男子的举手之劳,在郑夫人一家看来却已是莫大的恩德了。

我不觉走过了莺莺塔与大雄宝殿,径直来到了这座三合小院——梨花深院。"梨花院落溶溶月,柳絮池塘淡淡风。"这是著名的《西厢记》专家王继思先生的墨宝。莺莺就住在院内的西厢房里,《西厢记》的名字便由此而来。

东厢房里,是郑夫人设宴款待张生的蜡像情景。那个半遮面的女子脸上泛着淡淡的红晕,她拘谨沉静地坐着。张生是不会知道的,就是这次的不期相逢,给予他的或许只是一时的感情迷恋,却造成了眼前这个痴情女子一生的痛楚。

未经世事的丫鬟红娘向男子泄露了小姐莺莺的秘密。于是,诗书传情。翌日,莺莺收到张生的两首春词后,以《明月三五夜》来含蓄表达自己的情思:待月西厢下,迎风户半开。拂墙花影动,疑是玉人来。这寥寥数语,却道出千般闺情万般相思,并且巧妙暗示了约会的时间及路线。此时,我们不能不为莺莺的大胆而感叹。

东厢南侧的墙下翠竹环抱着一块太湖石。墙外有一株杏树,枝繁叶茂,这里就是当年张生赴约半夜跳墙的地方了。当张生站在莺莺面前,她片刻的羞涩之后，竟毫不客气地拒绝了张生。莺莺出尔反尔的行为让人摸不着头脑。其实，莺莺所处的时代是封建礼教禁锢人性的一个时代，"媒妁之言，父母之命"，才是正统。她的行为为当时道德礼教所不容，但真实的情感又是如此的强烈。在情与礼的矛盾冲突中，莺莺终于做出了让所有人瞠目结舌的大胆举动，她选择了爱情。

为了西厢约会，莺莺准备好了一把锁，让红娘送去，并告诉约会路线。张生问她，夫人知道了怎么办？谁知她只是淡然一笑，"那就教你做她的姑爷就是啦。"当张生要进京赶考依依不舍之时，莺莺没有做一般的儿女态，更没有阻拦，只是泰然地告诉他，"不要这样，像永别的样子，我一定会等你回来的"（《莺莺传》）夫人察觉之后，询问她时，她依然十拿九稳地说，"他会回来的。现在他得去赶考。"离别之时，她仅以一曲《霓裳羽衣曲》来含蓄表达内心的情感。莺莺，一个封建礼教束缚下的闺中女子，竟然如此从容镇定地相信爱情！难道她此时内心没有一丝的顾虑与担忧？

第二年，春暖花开的时候，莺莺收到了张生的信，信中说，"唉！长久分别之后，谁知道银河彼岸会发生什么事呢？我的前途渺茫难测，一如天上的浮云，我怎么知道你会始终洁白如雪？桃花春天盛放，谁能禁止爱花的人攀折呢？……与其苦苦无尽期的等待，还莫如就此分手的好呢！"（《莺莺传》）

莺莺仿佛跌入了无尽的黑暗地狱。张生竟把自己的薄情，堂而皇之地解释为对莺莺品质的诋毁。当爱情的悲剧真实的发生在眼前，她没有选择声泪俱下地与他当面质对，为爱去讨一个说法。她沉静下来，还是写信一封，让他的好友杨巨源捎去，"告诉他，我很好。"她把最后一把赌注押在了这封信上。

　　长安行乐之地，触绪牵情，何幸不忘幽微，眷念无斁。鄙薄之志，无以奉酬。至于终始之盟，则固不忒。鄙昔中表相因，或同宴处，婢仆见诱，遂致私诚。儿女之心，不能自固。君子有援琴之挑，鄙人无投梭之拒。及荐寝席，义盛意深，愚陋之情，永谓终托。岂期既见君子，而不能定情，致有自献之羞，不复明侍巾帻。没身永恨，含叹何言？

　　几行白纸黑字，犹如一把锋利的刀剑。这是莺莺在爱的法庭上为自己做的一场精彩的辩护，是对张生的一种无情的鞭挞，这更是一场无声的反击。在爱的面前，她始终是一个无畏者。

　　张生真爱莺莺吗？我沉思良久。我本以为张生即便为了名利前程荣华富贵，想始乱终弃，也要有个堂皇的理由，即便说自己才疏学浅，前途渺茫，辜负了莺莺的期望，无言以对，请莺莺忘了自己也罢。没想到竟然先泼脏水，污蔑莺莺的品行，不由得人义愤填膺！

　　当莺莺再次见到杨巨源时，没有见到回信。她知道，那个外表英俊潇洒、心理阴暗的书生真的无以言对了。在经过几番努力与挣扎后，莺莺也难以抵挡命运如此绝情与悲情。

　　审视这段凄美的爱情，莺莺一个勇敢热情的女子，为了爱情，她勇敢与世俗命运抗争。她渴望张生也像她一样勇敢地面对爱情，冲破世俗的篱笆，但爱的力量在面对社会的世俗偏见和封建伦理的大山是如此脆弱，所有的爱恋、所有的期待、所有的努力都已风干。

　　莺莺用痴情谱就了一曲爱情绝唱。这爱情是率真的女子与俗世男子的一种碰撞！这碰撞的声音嘹亮激越回响了千年！

"呱呱"的塔叫声传来，仿佛是一阵阵此起彼伏的呜咽。光阴深处，女子哀怨的面容已日渐憔悴。我的心不禁悲凉起来。

这真的是又一个人们司空见惯的痴情女薄情郎的爱情故事吗？

三

普救寺成为西厢记故事的发祥地，成为成就爱情的圣地，是有生活原型的。最早把这个故事倾诉出来的就是中唐大诗人元稹的《莺莺传》，亦名《会真记》。

当年，元稹在蒲州做过官，他写的传奇小说《莺莺传》，其实就是他的自传体，隐含着他婚前的恋爱生活。21岁的元稹寓居蒲州，与其母远亲崔姓之女名"双文"相识相恋。晚年的元稹多次在诗作中提到双文，"忆得双文人静后，潜叫桃叶送秋千""忆得双文衫子薄，钿头云映褪红酥"。这"双文"就是后来传奇小说《莺莺传》中的崔莺莺。我想，元稹如此隐晦地表白，是对自己道德的忏悔，良知的发现吗？可惜那段历史再也无法问询了。

莺莺，世间所有女性的爱与哀愁，似乎都写进了这样一个软语般的名字。这样一个柔弱的女子，竟是一个大胆的叛逆者。她用一生只书写了一个大大的"爱"字，这深沉而炽烈的爱，遂成千古绝唱。

莺莺，千年之后的我再次走进你，悄悄地读解你的微笑，你的哀愁，你的矜持，你的热烈……虽然我不敢奢求到底能懂多少。

深夜，院子里，明月朗照，树影婆娑。我不觉间又想起了那首诗，抬头东望，空荡荡的，没有花影，更何来玉人。回过神来，我不觉哑然一笑。低头间，那女子婷婷的身影又飘然而至，隐隐的哀愁又如潮涌来。

悲从何来？何来之悲？凉气阵阵袭来，冷不丁地，我竟然也打了一个寒战，在这个夏日的深夜。作为悲剧主角的莺莺有错吗？一个对爱情如此坦诚、执着的女子，又有何错啊？

其实，悲剧的根源不妨要追溯到这样一个历史背景。近代大学者陈寅恪先生曾说："盖唐代社会承南北朝之旧俗，通以二事评量人品之高下。此二事，一曰婚。二曰宦。凡婚而不取名家女，与仕而不由清望官，俱为社会所不齿。"唐代是开放外向的社会，唐代文人是功名现实的人，其中作祟的不过是这些文人的政治理想和安身立命的观念罢了。由此看来，一切罪恶便昭然若揭。

在这场注定悲剧的爱情绝唱中，莺莺是主角，休止符却是唐代仕婚观。在爱情的舞台上，元稹是主演，导演却是社会价值观。

至于故事到了元代"王西厢"，结局则发生彻底的改变，悲剧一改成了喜剧。那是因为元明期间，文人失去了干预社会的机会，只有沉浸在文学世界中，以谈情来对抗名利的幻灭，"情"便成了冲破现实束缚，追求理想的载体。所以王实甫就决然地给西厢的故事画上了一个"愿天下有情人终成眷属"的完美句号。如果说《西厢记》是根据人们美好愿望而写成的一篇成人童话，那么元稹的《莺莺传》则是一曲真实而痴情的绝唱。

几千年来，痴情女负心汉的悲剧依然在一幕幕上演，宋代的陈世美，明代的杜十娘……即便在物欲横流的今天，这样的故事仍在一遍遍被复制粘贴着。物是人非了，如果莺莺此时此地再演绎那段爱情的话，我不知道，结局会如何呢？

一个人的悲剧，其实也是一个时代的悲剧。或者，不仅仅是一个时代。

　　徜徉在梨花深院，我凭吊那三生传说，体味那千年一叹的爱情绝唱。古朴的莺莺塔依然屹立着，眺望眼前黄河滚滚，青山巍巍，又有谁在为相思而歌？

风雨瓜洲

一

"泗水流,汴水流,流到瓜洲古渡头。"瓜洲作为千年古渡早已卸下了历史曾经赋予的重任,安详地守在江边。

风雪初停的清晨,渡口沉寂无声,只有刺眼的白,清冽的阳光洒在稀疏的草木上。涓涓的瓜洲也因为一个叫杜十娘的女子而变得多了一些悲壮的气质。几百年前,就在这瓜洲,一位精心盛装的女人,毅然怀抱宝匣,纵身一跃,跳入江心。这一跳,跳出了一个弱女子对爱情的执念与对世俗的反抗,唱出了那个时代对自由和爱情的悲歌,足以照亮晚明那暗淡的历史天空。

"沉箱亭"周围是树丛和杂草,一片幽静。我侧耳倾听,好似传来"哗——哗——"的船橹声,从容而有节奏。路的尽头有一座石坊,石坊前的石碑上刻着"瓜洲古渡"几个字,红艳艳的,好似新描过,没有一丝古意,仿佛竖在这里就是专门供人照相留念的。

但我知道,因为杜十娘,我对瓜洲有了更深的尊重。

二

明朝晚期,许多城市中已经有了夜生活,甚至江南的一般市镇,如杭州西湖、苏州虎丘、南京秦淮等,已遍布茶舍、酒馆、妓院这些娱乐场所,生活中人们狎妓娱乐已是平常事。

在这种大的历史背景下,久处青楼的杜十娘,却并没有湮没对生活的美好憧憬,虽饱受凌辱,却让她更懂得了真情的可贵。她不甘心自己的一生就在这风花雪月中荒度,"久有从良之志"。她渴求能找到一个托付终身的人,早日摆脱这饱受折磨的非人场所,过一种平淡幸福的生活。

生活并没有抛弃她。一个注定改变她命运的男人出现了,他就是李甲。阅过了无数的追求者,似乎她的幸福就要找到了归宿。殊不知,也就从这时起,命运的悲剧已悄悄拉开了帷幕。

万历朝廷要"暂开纳粟入监之例",李甲就是众多监生中的一个。他年少风流,样子俊俏,加上"温存的性儿,又是撒漫的手儿,帮衬的勤儿",游教坊时与杜十娘相遇,两人一见钟情,"朝欢暮乐,终日相守"。

其实以杜十娘的美貌,从诸多的王孙公子中选择一位,足以衣食无忧。但是她选择了李甲,看重的就是李甲的才华和老实温厚的品行。所以当李甲"囊箧空虚"时,鸨母准备"打发李甲出院",杜十娘勇敢地伸出了援助之手。

爱情的试探是谨慎的。她本来可以轻而易举地拿出三百金交给李甲代己赎身,但她没有这样去做。她偏让李甲自己去求亲告友,看到李甲能为自己奔波,她终于下定了爱的决心。

赎身后,她并未透露出百宝箱。她不是舍不得,她只是不想也不敢在爱情的天平上再放上金钱的砝码,她想得到更纯粹一些的爱情。想到这里,我不禁感慨,多么可爱纯真的杜十娘。

杜十娘珍惜眼前来之不易的幸福时光,为今后日子精心地打算着。幸福的甜蜜使她忽略了横跨在他们之间那道无形的不可逾越的沟壑,忽略了封建礼教中门第观念的巨大威力。

江水悠悠,载着十娘和李甲的小船离开塞北,已近江南,船暂时停泊在瓜洲古渡。月明之夜,两人携酒具于船首,传杯交盏。但生活终于露出了它狰狞的面容。

杜十娘一直努力回避的问题以一种奇特的买卖方式出现了。

就在李甲告诉十娘已将她转卖的真相时,美好的幸福在一瞬间由九重云霄跌入了万丈深渊。眼前的李甲,昨天还笃于情义,今天却如此自私卑劣。一个处在社会最底层的风尘女子,经历了人世间的种种苦难与辛酸,只是想把自己的爱情与幸福托与一人,与之相守终身,但最终却得到如此负义。这一刻,她彻底看透了世态炎凉与人情冷暖,对封建礼教把持的罪恶社会彻底看清。

再做最后的努力吧。

即使在人银交易兑现时, 她还未曾彻底放弃最后一丝希望, 她还

"微窥公子"。她是想看看李甲对自己还有没有念想,如果李甲能透露些微的后悔之意,或许事情还有挽回的可能。一切的忐忑,一切的希冀终于被无情地抛撒。

没有什么可以留恋的了。这绝望后的决然一跃,抛弃这肮脏的世界吧,在另一个世界里让自己的灵魂得以自由!可叹的是杜十娘,始终没有逃脱封建礼教对人性的毒害和摧残,逃不出金钱和利益对人间真情的践踏和迫害。

一代名妓杜十娘在这瓜洲渡口香销玉殒。

三

提起这出爱情悲剧,人们往往会把所有的指责和不满一股脑儿地倒在李甲的头上。若不是李甲负了杜十娘的一片痴情,悲剧何以发生?在人们眼中,李甲便成了罪魁祸首了。想想的确如此,若不是李甲转卖十娘,这悲剧也不会来得这么迅速突然,李甲确实要负直接的责任了。

李甲虽出生在官宦人家,但他并不是人们眼中通常意义上的纨绔子弟,是就读国子监的监生。明朝建立后,依元制在京师设国子监作为高等学府,为当时世界上规模最大的国立大学。贵族、官员子弟及各地送考的优秀学生都在此就读。国子监对监生的思想行为、学习生活管束极严,立有严格的校规。明成祖以后,监生直接做官的机会越来越少,却可以直接参加乡试,通过科举做官。明朝科举已进入了鼎盛时期,朝廷对科举非常重视,科举方法之严密也超过了以往历代,进学校成为科举的必由之路,必须经过乡试、会试、殿试的层层选拔才能走上仕途之路。

李甲"年少风流",又在国子监学习,应该是有一定才华的。再加上他样子俊俏,"温存的性儿,又是撒漫的手儿,帮衬的勤儿",杜十娘遇见他,自然是一见倾心了。否则,李甲若只凭俊俏的模样,久经风尘且心气又高的杜十娘是无论如何也看不上眼的。只是后来李甲没有取得功名,才返乡回家。

在京城,李甲遇见了杜十娘,他"迷恋十娘颜色",对十娘他还是有真感情的。他"忠厚志诚",是个比较老实的读书人。不然他不会为了十娘赎身到处求亲告友,没有借到钱会羞于回到十娘住处;当为十娘赎身后和她一起准备返乡回家……

船行瓜洲,李甲在空间上离父亲越来越近,社会伦理和父亲的潜在压力也越来越大,而十娘的一腔温存怎么也无法抵御他对父亲的恐惧。正好此时孙富对他晓之以"礼"(封建礼教),动之以"钱",处处好似为他着想考虑。他原本就十分虚弱的心理防线便不攻自破,孙富一席话,一千金,就让李甲将所有的情义、公理、良知和感激通通置之不顾。最终将十娘和她的美梦一并埋葬。

封建门第观念、三纲五常的封建伦理,就如一张无形的偌大的网,始终死死罩住了杜十娘,也让李甲没有勇气接受爱情,没有胆量斗争。那个社会中,他们这对无媒苟合而私奔的男女,为当时礼教所不齿,为当时社会所不容,"不堪继承家业耳!"众叛亲离的滋味,漂泊无依的生活,穷困潦倒的日子,功名前途也将化为乌有,想到这些李甲不寒而栗。

明朝万历年间,资本主义萌芽的出现,商品经济的迅速发展,金钱在实际生活中的地位日见凸显,这冲击着传统的价值观念和思想意识。一方面是封建伦理的压力,另一方面是金钱的诱惑,李甲在那一瞬间的抉择上发生了动摇,求功名已无望,对生存又心生恐惧,顿时见利忘义,转卖了十娘。

李甲不过是封建社会的一个知识分子,他走的是一条儒家思想传统意义上的人生之路,他"自幼读书在庠",接受"修身齐家治国平天下"的教诲,是一个受过严格正规封建教育的读书人。长期封建文化的浸润下,造成了他的软骨头和寄生性。李甲不敢与他赖以生存的宗法伦理制度决裂,最终毁了自己的幸福,也葬送了杜十娘的一生。一时易安,长安不易。但凡读书人,只知寒窗苦读,一心只想考取功名,仕途是唯一出路和生计,但是,真正可以金榜题名的自古又能有多少人呢?有诗云,之乎者也,以至于手无缚鸡之力,不懂世故,不识农耕,不事工商,竟无生存的技能和空间,只好依附家族亲人,靠人接济度日。所谓义多是屠狗辈,负心每是读书人。读书人虽然深知礼义耻,却没有养活自己的能力,寄生社会,从而也失去了为人的品格,这是由软弱而生出的自私自利的人性使然。

四

另一个日益强大的社会力量出现了。

船行瓜洲,李甲遇见了一个不该遇见却注定会遇见的人——一个说几句话就能改变他主意的人——孙富,接着以后的事情就发生了戏剧性的一幕,孙富也就成了这场悲剧推波助澜的帮凶。

孙富,是盐商的儿子,家里有的是钱,"生性风流,惯向青楼买笑"。正好他的船也停在渡口边,无意看到十娘的美色,便起了歹心,开始打起了心中的小算盘。

传统的劳作生活内容,无非就是男耕女织。自明代中期以后,"生活"的内涵已不仅仅是耕织,而是扩大到了商业买卖。明朝人已经将商业买卖视为一种"治生"的合法手段,甚至是致富的手段。即使是在皇帝下发的劝农力农的诏谕中,也是鼓励农民在农闲之余,去忙一些其他的"治生"。到了晚明,齐家之道也发生了根本性的转变,许多家长已不再讲过去所一直奉行的齐家之道,而是转以治生为急务了。那些孙富之类的所谓读书人,正如明末清初著名思想家王夫之所言,对于写书或者读书,已不再抱有一种经济天下的职责,而仅仅是持一种"玩"的态度。

明代社会已有早期的资本主义萌芽,孙富就是这样一个盐商。"以利相交者,利尽则疏",金钱的地位日渐凸显。到明代中期,社会生活的多样与新的社会风尚的形成,已显然不同于以传统儒家为根本礼教的社会生活,许多领域无不受到了商业的渗透。明人陶望龄曾言,"越中人家,但有几贯烂钱,即起自舆台明侩,亦与为好",古朴之风在商品经济相对发达的江南地区,已是荡然无存。

在孙富眼中,杜十娘只不过是一个随时可以转卖的货物而已,没有金钱办不到的事。夺得如此美色,应该是胜券在握了。在对待李甲上,孙富是下了心思。且看他与李甲的一番对话,他一边拿起封建伦理的法宝,恐吓懦弱的李甲。另一边又视金钱为万能的钥匙,他看似"字字珠玑",处处为李甲考虑,其实彻头彻尾不过是想用一千两银子,想将杜十娘当作货物买过来。实质是金钱主义至上。

然而事情的发展恰恰出乎了他的意料,没想到遇到如此刚烈痴情的女子。一个如花似玉的名姬,义无反顾地投江葬身鱼腹。杜十娘的纵身一跃,孙富的美梦也随即破灭了。

五

几百年前,瓜洲古渡边的这场疾风骤雨,早已被历史的风尘翻卷而走。随即而来更大的历史风雨也已湮没在时空的洪流之中。

　　杜十娘的悲剧是无可避免的。在这样的时代里生存,不说李甲,就算是遇到赵甲还是王甲,十娘能过上幸福生活吗? 即使没有遇到孙富,也可能会遇到李富张富,即便李甲一次两次不动心,三次四次呢? 或者十娘刚开始就告诉李甲百宝箱的事,我想,李甲也只不过可能会与她苟且多漂泊一些时日, 最终面临的现实阻力依然存在。也许杜十娘明白了,才有了这绝望后的决然一跃。

　　这一出爱情的悲剧,已不仅仅是杜十娘的个人悲剧,对于李甲也是一场悲剧。钱财已经散尽,功名又化为泡影,爱情又成为李甲一生不尽的愧疚;对于那个社会所有的知识分子来说,又何尝不是一场更深远的灾难。

　　对于孙富来说,又何尝不是美梦的破灭?明朝资本主义萌芽已经出现,金钱的力量虽然还没有像西方资本主义那样达到控制一切的地步,但足以压倒根深蒂固的地主阶级,孔孟之道、程朱理学在金钱面前节节败退。自以为金钱万能的孙富战胜了封建的权威,但并没有战胜爱情和自由。想到此,我对杜十娘充满了敬意,也对晚明的历史多了些许想象。

　　在一个社会中,当人人所追求的梦想都被化成一种泡影,那么对于这个时代来说,难道不是一种更大更深的灾难? 这是社会的悲剧,更是大明王朝的悲剧。

　　如今,人们的物欲在极度膨胀,道德底线一次又一次地被突破,物质成了当代爱情的砝码,纯真的爱情也似乎了成了一种奢望。为什么时光已流逝了数百年,现实还躺在历史的怪圈里?我期待着民族的内省,期待着现实以一种从容的方式去解开这历史的怪圈, 至少要有杜十娘的勇气吧。

江水缓缓向前流淌着,我的目光落在石碑上那几个鲜红的"瓜洲古渡",作为那段悲剧爱情和风雨瓜洲的见证,它历尽沧桑,我不禁蹲下身来,想拂去蒙在它上面的数百年风尘……

走出地坑院

对于地坑式窑洞，我一直抱有浓厚的兴趣。

这种地下窑洞，既保持着北方传统四合院的格局，又具有陕北窑洞凿岩而居的特点，它融合了两者的优点，便形成了舒适的地下庭院——地坑院。

如果说北京的四合院体现了中国传统文化"天圆地方"的哲学思想，陕北的窑洞是"天人合一"观念的产物，那么坐落在中原黄土高原地带的地坑院又隐含着一种什么样的人生思考？它在中国传统文化的地位和意义又是什么呢？

一

车子翻过了一道山梁，又闪过了一个岽岭，条条沟壑在高原上纵横交错，顺着坡势向远处绵延起伏。走了好半天，也难得遇见一两个行人，给这旷远的黄土高原平添了些寂寥。

2012年的初春，我们冒着寒意，要去探寻的地方便是河南省陕县庙上村的地坑院。

眼前的庙上村一大片空旷，树木掩映间，只依稀听到人言碎语，却不见村舍房屋。循声我朝下望去，脚下就是一个地坑院。原来这是从平地凿坑向下，挖一个方形大坑，作为院子。然后在坑的四面墙壁上挖洞而成。每面墙多则三孔窑洞，少则一孔。站在上面看，是一个地坑，也是一个天井，所以地坑院也叫天井窑院。

眼前一条曲坡小径，正是进出地坑院的通道。这是一条用砖石铺成的小石阶，我顺坡往下走去，过了一道院门，便来到了地坑院。午后的阳光煦暖而不张扬，虽是正午做饭时间，但却很少听到人声，周围一片静谧，静谧得如一方远离尘嚣的世外桃源。

我环视四周，每孔窑都有两三个窗户，门窗的装饰古朴典雅，木头做成的窗格，贴着窗花，门的下边画着各种图案。听同行的人讲，这几眼窑的居住都是很有讲究的。按人口的辈分和用途，依照传统的八卦方位，有主窑、客窑、厨窑、茅厕窑等。面南的窑洞为上，和中国官衙建筑面向是一致的，这是长辈的居室。东厢窑为厨房、库房，西厢为儿孙辈的住房，南面的上孔为门道、水窖，下孔为厕所和牲口圈，整体看来，就是一个四合院的布局。这样，同一个院内，数孔窑洞，可住上几代人。朴实无华的地坑院，体现了中国封建制度的家庭礼制与尊卑关系，承载着许多儒家的文化气息。

地坑院凹在下面，那生活排水如何解决呢？听旁边一个人给我解释，地面上排水，就是在地坑院的上部边沿砌起一米左右的墙，叫拦马墙，可防止雨水灌入，也可防人畜失足落入院内。而院子内的雨水，则是在院内四周走道的中间，向下挖一个浅坑，再在偏角挖一个窨井，让雨水排进去，慢慢渗入地下，还可供牲畜饮用。人的饮水，则是在门洞窑旁挖一个侧窑，向下打井取水。也或者利用通道将地面上的雨水引入用胶泥钉过的蓄水窑。这种完整自足的排水系统，在这干旱的黄土高原上解决了人们的生命之源，在建筑上不能不说它的巧妙与智慧了。

简单而古朴的家什，在窑洞里静默着。每个窑洞一进门靠窗的一边是用土坯垒成的土炕，上面铺着粗布床单，油漆的木箱和柜子上，漆印的花有些暗淡剥落……穿梭在五个独立而相通的地坑院中，大致相同的结构，差不多的生活家什，身处其中，犹能想象当年人们在其中劳作生活的情景。

晨曦微露，公鸡开始了第一声啼叫，这小小的一方地坑院也渐次有了响动："吱呀"的开门声，"唰唰"的扫地声，"噗噗——"的烧火声音，"什么时候了，还不起床啊，太阳都晒着屁股了！"大人提起高八度的嗓门喊着还在赖床的孩子的声音……然而在这个时候，站在院子里是根本看不见太阳的，能看到的永远都是那四四方方的一块天空。村子的上空，袅袅升起一缕缕淡淡的炊烟，晕染着稀疏的树木与沉静的旭日，给这村子平添了许多生动。

早饭毕，人们把牛牵出了窑洞，架子车紧跟在后面，顺着地道，走出窑院，继续在他们赖以生存的那片土地上耕耘着希望。等到傍晚，收晌了，村子里的喧嚣渐渐归于静谧。就这样，黄土高原土窑里的人们与黄土相依相偎,白天,他们在土地上辛勤地耕耘着生着活着的希冀;晚上,又在大地的深处安享着一份恬静。

忙碌了多半年,最让人惬意的日子莫过于冬日的蛰伏了。没了农事的繁忙,家人在温暖的地窑中守着时光。就是有太阳的时候,人们也懒得走出窑院到上面晒晒。搬把椅子,在四四方方的窑院中,攥着太阳,早上靠在西墙根儿,晌午一过就又搬到东墙根儿晒暖。一天天,一年年地过来。这片黄土高原上的人们就这样守着土地,守望着田园,顺应着天命,企盼着年年能风调雨顺。

对于土地,人们始终是怀着近乎虔诚的心态的。一年四季,春夏秋冬,风来雨去,日晒汗浸,一日复一日,一年又一年。一户人家,只要一个人或几个人,再加上一头牛,就可从春耕到夏忙再到秋收。人们守着这片土地,不管贫瘠还是肥沃,从不抱怨,从未离开,一路走来,生生不息。就这样,农耕生活从时光中一天天地从容走来,走着走着,就走成了一部辉煌的中华民族的农耕文明。

杂物窑里,挂着几把锈迹斑驳的锄头和镰刀,两三辆破旧的纺车上还挂着线头,一架佝偻着身躯的织布机,半匹棉布在凌乱地挂着。再朝后面走,是屯粮的地方,几张竹席围成的一个圆圆却空荡荡的粮囤,旁边是一字摆放的几个大小不一的量斗……

这些曾经焕发过生命活力的农具器物,而今,被置放在这里,只来供游人参观了。只是,有些人来到这里,大多只会用充满疑问与好奇的目光打量着它们。在日益浮躁的今天,这些传统农事已距离都市生活很远了。

如此院落,生活设施一应俱全,寻常日子里,柴米油盐,吃喝拉撒,春种秋收,婚丧嫁娶,迎来送往,繁衍生息等等,有此一院足矣。这凹在地下的窑洞，一个个聚集起来，就是一个地坑院村子了。广则星罗棋布，蔚为壮观；小则曲径通幽，一院一个世界。

我走进一间间的地坑院，看着这种古拙、朴实、深厚的建筑，抚摸着刻满岁月褶皱的黄土塬壁，这一孔孔窑洞，就如历史老人那深邃的目光，沉默不语。先秦时的《击壤歌》中有云："日出而作，日入而息，凿井而饮，耕田而食。"描述了当时乡村间间人们的农耕生活。谁知这首歌，一唱就是几千年，恰如一部厚重磅礴的歌诀从远古吟咏而来。它总是给人以希望而不是绝望，深深植根于黄土之中，给生着活着的人们以持久的温暖与力量。

二

行走在地坑院中，穿过一个个地道，又走过一间间窑洞，我感到一阵阵寒意袭来。初春的窑院中，微暖的阳光是穿透不了这一方厚实的黄土的。

庙上村的地坑院有两百多年的历史，地坑院长期存在并被延续使用至今，这不能不让人为之感叹。这其中也自有它的道理，比如它因地制宜就地取材，既有防风隔音冬暖夏凉的功效，又经久耐用抗压防震；黄土高原是旱塬，地下水位一般都在百米以下，当地居民便将雨水收入水窖作为人畜饮用的水，这是面对恶劣自然环境的一种生存方式；更为重要的考虑是为了避难，当时社会动乱不安，地坑院则成了一种更为隐蔽的居住方式。

自然环境与社会因素迫使人们如此智慧地生活图存。就连上个世纪一位叫鲁道夫斯基的法国人考察了陕县的地坑院后，在他的《没有建筑师的建筑》一书中,也称地坑院为人间奇迹,称这种窑洞式建筑是"大胆的创作,洗练的手法,抽象的语言,严密的造型。"地坑院,成了中华民族漫长发展史中刻在黄土大地上的一个深深的印记。

地坑院就这样静静地凹在黄土高原上。黄土高原土质结构十分紧密,这不仅为中华民族的繁衍发展提供了种植农作物的丰厚土壤,还解决了农耕人民的居住问题。陕县有东凡塬、张村塬和张汴塬三大塬区,并且在此周围还发现了一些仰韶文化遗址。而仰韶文化时期,正是人类穴居文化的成熟阶段。从古代的文献记载中,我们也可以寻找到窑洞地坑院的渊源。《黄帝内经素问》中记载:"往古之人居禽兽之间,动作以避寒,阴居以避暑。"《易·系辞》中记载:"上古穴居而野处,后世圣人易之以宫室。"《辞过篇》也记载:"古之民,未知为宫室时,就陵阜而居,穴而处。"由此可以看出,陕县的地坑院,无疑是人类穴居文明时代的延续。

在窑洞里待得久了,我感到一种莫名的压抑。这里未免太沉寂了些,沉寂得总让人觉得缺少了点什么。窑洞里,除了一两方小小的窗户,其他全是厚厚的土壁了,视觉与听觉就被土壁生硬地隔断了。有些剥落的墙壁仿若神秘的目光,让人瞬间跌落到一个深邃的遥远。穹庐似的窑顶从上面紧逼而下,令人压抑甚至有种近乎窒息的感觉。

急忙出了窑洞,我抬头望望上方,也只能望见小小的一方天空,这方多少年来一成不变的天空。我的目光试图能看到更远更蓝的天空,可是院子上方边沿的拦马墙无情地切断了我的视线。我有一种井底之蛙的感觉,很强烈的。

在这一方小小的地坑院,人们聚族而居,男耕女织,吃苦耐劳,精耕细作,自给自足,自得其乐。这样的农耕生活,使人们的目光整天围于头顶那么一小片的天空,春夏秋冬中只关注着自己的"一亩三分地"的收成,渐渐满足于——"二亩地,一头牛,老婆孩子热炕头"的生存需要。然而,这种农耕生活长期积淀在人们思想意识深处的狭隘、保守等特质,无形地禁锢了人们的思想,也局限着他们的眼界。

想起地坑院严谨的布局,精巧的构思,隐秘的地形,这些无一自觉不自觉地体现了他们思想深处内敛保守意识的根深蒂固。可以这样说,地坑院的存在在一定程度上,其实就是一种农耕文化内敛思想发展到极致的表现,这在历史的发展中渐渐无形禁锢了人们前进的脚步。

连在一起的五个地坑院犹如迷宫一样,我们穿梭其中,半天才找到出口。霎时,眼前豁然开朗。放眼眺望,远处的高原紧依着天边不断向远处蔓延,春风轻拂,田野里到处弥漫着初春的气息,驱散了刚才在窑院里的寒意。

走出地坑院,沿着村子北边的小路往回拐,路两旁有十几个地坑院,但大多都已被废弃了。有一家地坑院已经成为圈养牲畜的院子了。站在拦马墙边,望着院子一棵几乎要枯死的树桩上还系着一头牛。那头牛一听到上面的响动,就抬起头来朝上面望了望,目光里似乎流露出更多的落寞,随之又昂起头朝天空"哞——"地长叫了几声。

荒乱的杂草疯长着,斑驳的墙皮早已剥落,倒坍的窗棂,还依然在坚持着往昔生活的痕迹。这些地坑院,建筑艺术里的鲜活标本,在时间的长河中,就这样渐渐被风化、遗弃,直至消失。

三

听朋友说,直到上个世纪九十年代以前,庙上村所有的村民还安居于此,终老于此。随着两三户人家搬出地坑院以后,整个村庄就开始"蠢蠢欲动"了。终于在上世纪末，形成了搬离高潮，如今仍然居住在地坑院里的，基本上都是老年人和无力在地上建造新房子的人了。

尤其是年轻人，电视网络的普及，使他们对外面的世界有了更多的了解，他们大多不愿意住地坑院，说每天一到下午整个院内都感觉灰暗暗的，手机网络信号不好，通风也很差。就连买的拖拉机和汽车，都无法开进地坑院内，非常不方便。如果住着地坑院，将来娶媳妇都是非常困难的了。那现在陕县的地坑院每年消失的多吧？我问道。当然了，现在在整个陕县境内，每年都有数百个这样的院落正在消失。朋友感叹道。

黄河孕育了华夏文明，而地坑院则是黄河两岸先民们繁衍生息的温床。如今，这种内敛保守的生活方式，在现代文明的强大冲击下，正在面临着尴尬的生存挣扎。这也恐怕是历史发展的一种必然了。想到此，心头的遗憾在不经意间已渐行渐远。

路过一家还不算破败的地坑院子，我们正揣测着这里有没有人住的时候，这时，从窑洞里走出一个二十多岁的姑娘，她或许是听到了响动，才推开门出来看看的。她朝上瞟了我们几眼，便转过身进窑院，随手关住了门。或许是她早已习以为常了，这里经常来人参观地坑院。也或许是她根本不屑于顾及头顶上面的这个世界了。我在心里，默默地为这个姑娘祝福着。

向北望去，是一座座矗立在地面上的砖瓦房子。这些就是搬出地坑院的人家。几个孩子正在骑着自行车在追逐玩耍着，有几个老人靠着墙根儿吸着旱烟正在聊天晒太阳呢。村子西边角落的水池旁，有两个中年妇女正在洗着衣服。正说着，几辆小车缓缓驶进村子的巷道，后面扬起了一阵烟尘。两个妇女回头看了看，不知又嘟囔着什么，目光中流露出更多的则是羡慕的神情。

　　这就是我想象中的村子应该有的景象。出了门，与邻居招呼问个好，即使有时做饭的时候偶尔缺盐少醋的，只要朝院墙那边招呼一声，都会有人来"救急"的。农闲时，饭后茶余，几个妇女们坐在门墩上纳着鞋垫子，说笑着，东家长西家短的……这所有的一切就如村子的一翕一张的气息，让村子充满着生气，村子也焕发着鲜活的生命力。

　　地坑院是黄土高原地域独具特色的一种民居，也是人类穴居发展演变中的实物见证，蕴涵着丰富的文化内涵，在农耕文明的发展过程中，曾经推动过历史的进程，它昭示着人们在自然灾难面前的一种自我保护和智慧的生存，可以说，没有古老的保守就没有开放的未来。

　　今天，面对着工业文明的发展与冲击，古老的地坑院发生的沧桑巨变，渐渐离我们而去，这是必然的历史趋势。而现在抢救保护地坑院，是有其重要的意义的，是对古老文明的一种纪念，更是对未来文明的一种召唤，走出地坑院，是一种勇气，它不仅是一种形体上的空间转移和视野上的自我拓展，更是一种意识上的自我解放。走出了地坑院，人们的生活视线才不会长期围于一个自我封闭的狭小空间里，才会真正与整个大地的脉搏一起跳动，真切地感受着时代的气息，与时代的发展同步。

　　走在地坑院的上面，我们走在了一个豁然开朗的世界，心头那份压抑窒息的感觉早已消散得无影踪了。

　　我们驱车径直离去。

寻根铸鼎原

一种宿命的召唤，更是一种千丝万缕的牵绊，我踏上了灵宝市阳平镇的铸鼎原。

作为家乡人，最近几年我一直在他乡的土地上不停地跋涉寻找，我曾走访过远古的牧场、寂静的寺院，也曾漫步在苍凉的雄关漫道，沉醉于江南烟雨的风情……我在游历中找寻着历史文明的碎片，感受着这些碎片上所散发出的隐秘历史古韵和所承载的文化积蕴。而今天，我脚下的这块土地，这块积淀了厚重文化和充满神秘色彩的土地，竟是孕育了这些文明碎片的源头所在，竟是中华文明的发祥地，却一直被我冷落着，我只是仅知道名字而已。想到此，我内心的不安无可言喻。

铸鼎原是夹在荆山和黄河之间的一块富饶之地，西有关子沟，东有阳平沟,岗峦起伏,土地肥沃。它是中华文明始祖轩辕黄帝铸鼎祭天、奠定邦国、驭龙升天的圣地。《史记·封禅书》载:"帝采首山之铜,铸鼎于荆山下,鼎成崩焉……其臣左彻取衣冠几杖而庙祀之……"铸鼎原得名便由此而来。

久违的先民,我来了。

座座高塬

车子穿过复古的角门,一片古建筑群便闯入视野,在眼前巍然高耸,这就是灵宝市阳平镇的荆山黄帝陵了,我不觉肃然起敬。

黄帝陵四周苍柏郁郁葱葱,空荡寂静,庄严肃穆之中隐隐透露出几多苍凉。我沿着99个9.9米宽的台阶拾级而上。在中国传统文化中,数字"九"被赋予特殊的意义。《素问》中说:"天地之数,始于一,终于九。"九为数之极,被称为"天数"。《史记·武帝纪》中说"禹收九牧之金,铸九鼎,象九洲。""九鼎"便成为传说中一个国家最重要的传国之宝,并留下了"一言九鼎"的成语。"九"又与"久"谐音,由此演化出"神圣"之意,受到历代帝王的青睐,他们常借用"九"字来象征他们的统治地久天长万世不变。在这里,人文始祖轩辕黄帝的祖庙,建筑中体现这点就不足为奇了。

台阶东边有一个碑亭,亭下放置着《轩辕黄帝铸鼎碑铭》碑一座,碑高两米多,宽将近一米,八字竖排,碑的两边饰有浮雕盘龙。该碑碑铭并序共137字,是唐虢州刺史王颜撰,华州刺史兼御史书,唐贞元十七年(643年)立。这是全国迄今发现的关于记载黄帝功绩的最早的碑刻,它较之桥山皇帝碑铭还早800年。这块碑一直守着铸鼎原,虽历经千年风雨的侵蚀,却依然巍然于此,它在无言的沉默中,见证了这里悠久而沧桑的历史。如今,它已成为研究黄帝文化的稀世珍品。

午后的阳光斜照在碑亭上,亭旁的松柏——静默着,旁边干枯的芦花随风飘舞。周围是横卧在高原上的这么一簇那么一拥的村庄,慵懒安静地晒着阳光。苹果园子里,不甚寒冷的空气中,还弥留着淡淡的果香。秋日的黄土高原,显得更为空旷寂静。

我站在高原上遥望远方,祥瑞氤氲,气象万千。南边,是巍峨的秦岭,层峦叠嶂迷蒙在天色之中;北边,是滔滔的黄河,若一条涌动的黄练向东奔去,仿若铸鼎原的天然屏障;东西两面是座座连绵起伏的黄土塬,如滚滚江河,奔腾而来,又汹涌而去。深秋的黄土高原在阳光下裸露着坦荡的胸怀,条条沟壑丘陵曼延纵横,各种植被也渐已消隐了生命的色彩,黄土的颜色主宰了这里的一切,无限沧桑在眼前铺陈开来。

至少在六七千年前,脚下这片广袤的黄土地还是湿润肥沃,雨量丰沛。它南依崇山峻岭,中间河源间列,为原始农业发展创造了较完备的条件。"草木榛榛,鹿豕狉狉",森林茂密,植被丰富,是动植物繁茂的区域。背靠秦岭夸父山之惠,黄帝带着他的臣民们在这里得傍水之利,刀耕火种,劳作生息,捕鱼捉虾,狩猎采果,休养生息,逐渐超越了狩猎和采集经济阶段,进入以种植业为基本方式的农耕时代,逐渐形成了强大的部落。

大自然的恩惠是文明最初发展的催生剂。大约在一万八千年以前,地球结束了冰河期,气候逐渐变得温暖潮湿。西亚和蒙古高原吹来的季风,在这里遇到了秦岭山脉的阻隔,风速减弱,黄土急剧下沉,年复一年地堆积在盆地中,渐渐覆盖了黄河中上游区域,便形成了我脚下这片广袤的黄土高原,台阶层层叠叠,数百条山涧小溪从秦岭深山汇聚而出,沿着黄土台阶间的缝隙流向黄河。在黄土高原的山前地带,日积月累,就冲积出了一条东西长七百多公里世界上最广袤的沃土地带。它大体以黄河中游的河南、山西和陕西交汇处为中心,西到甘肃境内的渭河上游,东至新郑。黄沙黄土的堆积和河水泛滥的淤积,为农业的诞生和发展奠定了基础,更为黄河文化创造了一个温馨适宜的摇篮。

当世界各地大都还处在蒙昧状态时,我们的祖先就已在这片广阔肥沃的黄河两岸耕作生息,在劳作中创造着最初的文明。他们创造的灿烂悠久的彩陶文化,影响到东西南北逾千里之遥。从此,华夏民族逐渐摆脱野蛮愚昧的束缚,文明就从这里开始孕育发展。想到此,我不禁端详着脚下的土地,平常得再也不能平常的黄土地,五千年的时光,沧海桑田,可我依然能清晰地感觉到,当初孕育文明的艰辛与喜悦,诞生的艰难与繁衍的幸福,都一一在这片黄土地的深处沉默不语。我突然感觉自己的脚步好轻,好轻。

远古的先民如此智慧地选择生存的环境,固定的水源和沃土,为起码的生存生活创造了必要的条件,也为以后农业的发展提供了最适宜的条件。这与世界其他主要古文明一样,文明的发源都是建立在容易生存的河川台地附近的。在这一时期,西亚的两河流域、北非的尼罗河流域、南亚的印度河流域先后相继出现农业集约地区,植物驯化、动物驯养获得显著成就,人口迅速增长,文明的产生也在情理之中了。

听一位老家住在铸鼎原附近的朋友告诉我,他发现铸鼎原附近的土质和别处的很不一样,一些残枝败叶埋在土里就极易腐烂化土,而别处的土质却需要很长时间才能把树枝之类的杂物腐烂。所以,他家里养花,就专门回老家挖上两袋子泥土带回家,用这些土养花,花易生长且长势特好。听到此,我若有所思,只是微微一笑。

初秋的骄阳在铸鼎原的山水间蒸腾出一片淡淡的雾霭，脚下的泥土，是华夏先民的村落。我探访的脚步声，仿佛与祖先劳作的声音——相闻。

开疆拓土

那个时代，部落间的交往不断扩大，已经形成了一些部落集团，这些部落集团为了寻找更多的生存空间，就不断向四周迁徙发展，部落间也就形成犬牙交错的分布局面，彼此间经济文化不断得到交流融合。但为了生存和发展，部落间又经常会发生矛盾冲突，征战不断。

阪泉之战就是华夏族内部的第一场较大的战争。《汉书人名考》中记述："炎帝欲侵陵诸侯，诸侯咸归轩辕。轩辕乃修德振兵，治五气，艺五种，抚万民，度四方，教熊、罴、貔、貅、虎，以与炎帝战于阪泉之野。"阪泉之战先后进行了三次，黄帝打败了炎帝部落，在黄帝的劝说和感召下，炎帝部落北迁归服了黄帝，战争的胜利者和失败者成为了一家，继续在脚下这片黄土地上耕耘发展。从此，黄帝领导的部落集团逐步强大起来了。

然而战争并没有结束，一场更大的考验已迫在眉睫。在黄帝刚登上中央天帝大位之时，居住在黄河下游的九黎族首领蚩尤就率众西进涿鹿城下。九黎族是一个相当庞大的部族，他们英勇善战。首领蚩尤通晓天道，精明强干，长于战事，史书中也把他描绘成超乎凡人的神明。凭着强大的武力，蚩尤不断向四邻扩张，当时黄河中游一个以榆罔为首领的部落在受到蚩尤侵扰后，遂向黄帝求援，于是就引发了黄帝与蚩尤的涿鹿大战。

　　决战开始了。蚩尤的军队进攻势如破竹,黄帝就主动向北撤退。就在此时,天气突变,刹那间,只见战场上天昏地暗,狂风大作,飞沙走石,让人晕头转向。黄帝见此,在玄女族的支援下,赶紧命令士兵吹响号角,击震鼙鼓,乘势向蚩尤族发动反击。习惯在浓雾潮湿环境下作战的蚩尤部落,遇此情况,众乱震悚。正好,中原的黄帝部落习惯于北方气候环境下作战,趁此机会,黄帝立刻下令推出指南车,指南车在狂风中东拐西转,后面的部队紧紧跟随,漫天风沙中终于冲出一条希望之路,迅速向敌军反击。黄帝巧妙利用有利的天时条件,果断进行反击,凭借智慧的战略战术一举取得了战争的主动权。

　　而蚩尤一见,也不肯就此罢休,就出动了他的特种军队——一个个青面獠牙铜头铁臂,面目狰狞的士兵狂叫着杀来。黄帝见了,就赶紧命令放出他早已训练好的一大批虎、豹、熊、罴等猛兽。这些猛兽一见蚩尤的那些装扮成野兽的士兵,以为见了同类,不由分说便扑上去猛咬起来。再凶悍的士兵也经不住猛兽的扑咬袭击,一个个吓得抱头逃窜。这时,黄帝趁机进攻,主力排山倒海似的向蚩尤压来。蚩尤抵挡不住,纷纷败退……蚩尤尽管兵力雄厚,兵器装备优于黄帝,但连年对外扩张,已预先埋下了失败的种子。在战争中,蚩尤又缺乏对天气条件的应变能力,缺乏大规模反击的抵御准备,因而最终招致败绩,丧失了控制中原地区的历史性机遇。

　　上智伐谋,下智伐勇,"凡变之道,非益而损,非进而退,首变者凶。有义而仪则不过,待表而望则不惑,案法而治则不乱"。(《黄帝经·称经》)黄帝在这场战争中能够做到上用天时,因天之杀以伐死。下用地利,因地之险置敌于绝境。中用人和,只杀蚩尤而不伤黎民。这些都无不体现了黄帝在军事方面所具有的非凡韬略。那时候,黄帝部落在战争方面已经积累了相当多的经验。

涿鹿战后,黄帝乘胜收复中原。黄帝得到了中原各部族的拥戴,一时声威大震,被诸侯尊为中原共主。涿鹿之战有力地奠定了黄帝部落据有中原地区的基础,并进一步融合了各氏族部落。

涿鹿战后,黄帝带领先民们修建房屋,耕作养息,在劳动实践中不断创造发明,社会生活展现出一个新的面貌。黄帝知人善任,善待下属,以仁德感召天下,华夏民族从此蓬勃发展。而蚩尤呢,性格暴烈,崇尚武力,又专断跋扈,如若涿鹿之战蚩尤获得胜利,那么华夏民族的历史说不定将会重新改写,那天下将是另外一种不可想象的情景。退一步想,即使战后我们民族在蚩尤的统领下,得到一定的发展,但这也恐怕是在暴政之下,不能久矣。残暴好战的统治就如空中楼阁,乍看起来辉煌夺目,但它失去了民心的根基,那么它的倒塌就成了历史的必然。我们的华夏民族还能不能创造出如此优秀的文明文化,那就另当别论了。

战争是残酷的,充满了血腥和牺牲,但文明的进步就是在经历了血与火的考验中涅槃。仰望气势恢宏依岭而建的古建筑,"荆山黄帝陵"烫金门额赫然在目。怀着一种朝圣的心情,我拾级而上,穿过大门,迎面是一字排开的天地人三尊大鼎,这三鼎分别代表着天仙、地神和祖宗。天鼎和地鼎上铸有代表天地万物的原始文字符号,人鼎上刻画着寄寓人之源的飞禽走兽和众人手舞足蹈的祭祀活动。面对着这三尊高大的天地人鼎,华夏文明的浓厚气息扑面而来。那简洁的画面和质朴的线条,寄寓了黄帝与先民们对大自然的敬畏与向往,更显示了那个时代他们创造的丰富而智慧的生活痕迹,文明的最初萌芽就是在这里萌动着力量,破土而出的。黄帝率领着自己的部落辛勤劳作,开疆拓土,创造出那个时代的物质文明和精神文明,实现了中华民族历史上第一次大融合。功成铸鼎,置于祖庙,象征了权力、尊严和江山稳固,象征了黄帝掌权合天意地望与人心。鼎有多大,就能养有多少人,鼎有多高,就能蓄下多少水,问鼎中原,就是集权于天下,高原铸鼎,光芒四射,惠泽万世。

径直来到了黄帝庙,只见庙内威武庄严的黄帝居中端坐着,平视着前方,眉宇间透露着英气睿智,两旁站立着左彻、风后等几位大臣。我知道,这座黄帝庙,不知凝聚了多少海内外炎黄子孙的心。每年,有很多人都要来这里寻根祭祖。而今天,我来于此,也莫能例外。这片厚重的沃土,每一寸黄土之中,都浸透着先民们辛勤劳作而散发着缕缕汗腥的气息,浓烈而熟悉。我不禁热血澎湃,加快了脚下的步伐。

黄帝部落是一个智慧的部落,这在黄帝部落对待被征服的其他部落上展现了出来。在战胜了其他部落后,黄帝部落并没有对这些部落进行彻底的奸灭和残酷的镇压,而是平等相待,进行经济和文化上的同化融合。外族人民在黄帝仁义之德的感召下,纷纷前来向黄帝族朝贡,诸北、儋耳之国来向黄帝族贡献礼物,南夷族乘白鹿献上美酒,四方之外族人都不断地前来朝贡。就这样,黄帝部落与周边各民族进行碰撞、交流,众多非华夏族的融入就如汩汩的血液给华夏民族注入了崭新的活力,带来了我们中华民族历史的第一次民族大融合。是的,武力的征服并不能永远真正地征服一个部落,而文化上的征服则是一种精神的征服,一种彻底的征服。这与纯粹武力野蛮征服是不同的。

在随后的战争中,黄帝部落不断地南征北战,版图不断扩大,东临海滨,西至甘肃,南到长江,北抵燕山,控制了以黄河流域为中心的整个中原地区,《轩辕黄帝传》中说:"帝所理天下,南及交趾,北至幽陵,西至流沙,东及蟠木。"可见当时黄帝的兵威,已经超出黄河流域,达到长江流域、淮河流域即周围夷族及黎苗族活动的范围,已经成为当时黄河流域和江淮地区领袖群伦的大邦国雏形,为中华民族的最初发展积蕴了辽阔的发展空间。

以此为基础,上古先民在随后的岁月里,活动地域愈益扩展。成书于战国的《尚书·禹贡》,把天下分为九州,战国末期成书的《吕氏春秋》更对九州的地域有确切的划分:"何谓九州?河汉之间为豫州,周也……"至少在战国时期,先民已经在北至燕山山脉,南到五岭,青藏高原以东的广大地区栖息生养,面积当在三百万平方公里左右,这是自上古以来中华先民所着力开发的地段。同尼罗河流域的不到四万平方公里,两河流域的几万平方公里,希腊文化狭小的克里特岛和伯罗奔尼撒半岛的滨海小平原相比,简直不可同日而语。即便是较大区域的印度文化,也局限在印度河流域的哈喇吧和莫恒大罗周围十余万平方公里地区,更不必言囿于中美洲山地和丛林中的玛雅文化和阿兹特克文化。

想到先民创造的丰功伟绩,感叹于黄帝部落给我们民族开拓的广阔的地域,为中华文化的滋生繁衍提供的阔大的天地。我感到自己在黄帝的麾下正远征异域,金戈铁马,猎猎旌旗,奋勇作战。那是一个民族豪情万丈的时期,是一个开疆拓土的时代,一切都充满了生机,广阔的地域、繁复的地貌、丰富的气候、纵横的江河、丰饶的土地。此刻,我的心里盛满了自豪和信心。

眼前,黄帝陵只是一方土冢,一座轩辕庙,周围郁郁苍苍的松柏林,在秋日的阳光下增添了些肃穆和凝重。黄土掩埋了黄帝的灵魂,但黄帝的灵魂释放的万丈光芒却足以照耀着一个民族的未来。

西坡读陶

走在田野中，一层层颜色迥异的土层告诉我，这里曾经活跃着一群逐渐萌生灵智的先民。这里是西坡遗址，曾经的黄帝部落的一个聚集地，这只是已经挖掘出的许多遗址中的一个。

展现在眼前的是西坡遗址出土的各种色彩纷呈的陶器，这些浅棕色或淡红色的各种形状的陶器上，简单质朴流畅的线条，勾画出一只只鹿、鸟、鱼的形状，甚至还有个别器物仿造动物的形象。拙朴简单的线条所绘出的内容，无不显示了黄帝时代我们的先民生活中与动物的密切关系。

一种强烈的熟悉的生活气息深深感染着我，我抑制不住内心的激动与兴奋，仔细解读着这一个个古老而鲜活的陶器。我知道，这些简单的图案就是我们华夏文明的神秘密码。

葱茏茂密的森林中，空气里弥漫着紧张的气氛，突然一阵疾风掠过，草木一晃，一只庞大的野猪猛然蹿出草丛，我惊出了一身冷汗。就在我惊愕之余，"嘟——"的一声长长的口哨响起，周围便霍然冒出了几十个身材高大形似野人的人。他们光着膀子，腰际间只挂着一串用树叶连成的短裙，光光的黑脚板，带头的是黄帝，他的手腕脚脖上还戴着一串用象牙和兽骨缀成的链子。他们高呼着，兴奋着，拉着长长的调子，手里拿着各种形状的石制武器，追赶着那头逃窜的野猪。包围圈愈来愈小，最后野猪在飞石乱箭中成了囊中之物。黄帝和先民们便高兴地欢呼起来，扛起那头野猪，满载而去。或许紧接着又是下一场的围猎。而我，站在一旁远远地观望，刚才的一幕让我惊魂未定。这就是我们的先民在黄帝的带领下围猎的情景。运气好的话,还能有所收获,运气不好的话,部落就将会面临饥饿的威胁了。只是,黄帝在捕猎的过程中,渐渐熟悉了各种动物的生活习性,他们于狩猎之外,尝试着进行圈养畜牧,畜牧业便渐渐开始了发展。那时,他们的家畜之中,最多的是猪和狗了,而在中国农村,所谓的"无豕不成家"的习惯,也由来已久了。

相对于狩猎来说,捕鱼就没有那么惊险了。在清澈宽阔的河面上,先民们先徒手抓鱼,接着尝试用树枝叉鱼,再到撒网捕鱼,再到后来发明了舟楫,可以划着船儿进行撒网捕鱼。先民捕鱼的手段和使用的工具就这样在实践劳作中不断进化,渔业也从此开始发展。我们的先民喜爱鱼崇拜鱼,就把鱼奉作自己部落的图腾祖先加以崇拜,各种陶器上总把人与鱼组合画在一起。今天我们还无法知道它的真实含义,无论先民们用这种图案表达什么思想意识,能够把如此丰富的社会内容凝聚于绘画艺术之中,这实在令人惊叹。

陶器最初是作为先民重要的生活用具而被发明出来的,人们用它来盛装东西,烹煮食物或者祭祀。而彩陶的出现,说明先民对陶器的制作已经远远超出了使用的范围,达到了一种审美的境界。九十多年前,瑞典地质学家安特生用他那双粗大的手,揭开了史前时期古代中华文化的面纱,触摸到了中华文明的起源。在三门峡渑池县仰韶村首次发现的以彩陶为主要标志的远古文化系统,便被称之为"仰韶文化"。我毫不吃惊,因为仰韶村距离我们这里不过七十公里,那也是先民活动的区域。

彩陶是仰韶文化的典型标志物,代表了黄帝时期文明已经实现了从渔猎向农耕的过渡。难怪许多学者又称仰韶文化为"彩陶文化"。中国的彩陶文化,发源于黄河的中段,随后在漫长的岁月中沿着黄河流域向东、西两个方向不断传播。东面甚至到达了东部沿海,西面一直延伸到了甘肃、青海地区。农耕文明的脚步跨越了整个黄河流域。

黄帝部落修葺房屋,驯养家畜,种植五谷,定居了下来。随着部落和生活范围的不断扩大,人们生活的内容也日益丰富,黄帝还别尊卑,定礼乐,创官制、财产、嫁娶和丧葬等制度。他们一起摸索实践,不断创造发明:为了改变远古时代结绳记事的笨法子,黄帝就叫他的史官仓颉创造了文字,黄帝因为看到人们病患的痛苦,就组织一支通晓医药的队伍,如岐伯、雷公等,著成《内经》,其中记载的就有我们至今仍在使用的针灸疗法。为了校正当时鼓等各种乐器的声音,黄帝就命令一个名叫伶伦的乐官发明了音律,使得各种乐器能够十分和谐地演奏。黄帝与他的子民们在这里"筚路蓝缕,以启山河",创造出独具风格、丰富多彩的中华文化,这里是我们华夏文明的渊薮。

黄土高原上,阳光渐渐变得清冷起来。看着这些精彩纷呈形状各异的彩陶器,那燃烧在每一个部落里的一堆堆圣火,仍经久不息。火堆旁,一群粗犷雄放的先民,有的在打制农器,有的在用陶器烧饭,有的烧烤猎物,有的载歌载舞,一股热流扑面而来。一种祥和的气氛使我热泪盈眶。

源远流长

深秋的午后,一丝丝的凉意不经意地袭来。看到黄帝陵前广场一角有对夫妇在打碾谷子,男的用木锨扬起谷子,女的在一旁弯着腰端起扫帚,轻轻掠去浮在上面的谷糠,一锨又一锨,一掠又一掠……熟悉的场景,从遥远的记忆里渐渐浮现:"炎炎的酷日,乡亲在收割着庄稼,远处正缓缓走来几个妇女和孩子,他们提着篮子,抱着陶罐来送水送饭,大家在忙碌紧张中欢声笑语。黄帝挺起晒得黑黝黝的脊梁,用臂膀抹了把汗,看着眼前丰收的庄稼,露出了欣慰的笑容。"守着这片黄土地的人们,几千年来一直坚守着这份贫瘠的希望,让人感觉到那种沉甸甸的厚实。想到此,我的心里升腾起缕缕的暖意来。

　　文明的血脉几千年来汩汩奔腾,从未中断。它一路走来,汇聚千流,海纳百川,如水一样的灵动包容与源远流长。世界四大文明古国中,只有中国的文明传统如今依然生生不息。其他三个文明古国,古埃及、古巴比伦、古印度都是由于外族的入侵而失去了独立,从而让文明意外断流。公元前三千年,来自两河流域西北部操闪米特语的诸游牧部落相继侵入美索不达米亚;公元前729年,巴比伦国被亚述人所灭;公元前1720到1570年,埃及被来自西亚的游牧部落西科索斯人征服;同时期,印度河流域的哈拉巴文明被北方的游牧部落雅利安人摧毁。

　　由于地域的狭小,这些古文明的根须还未来得及扎牢,一遇到风吹草动,就很容易夭折中断。而诞生于黄河流域的中华文明,领域广大,腹里纵深。回旋土地开阔,气候条件繁复多样,是其他多数古老文明的发祥地所难以比拟的。中华文明滋生地拥有黄河流域和长江领域这两大活动区域,并且岭南的珠江流域,闽南滨海地带、云贵高原、台湾、海南岛,更增添了这一回旋区间的丰富性和广阔性。寥远的地域不仅为中华文明的生存提供了广阔的空间,更为其在受到外族侵袭时提供了更多的回旋余地。

　　靠近北方游牧区的黄河流域,一旦长城被突破,就可能被游牧人所征服。历史上这样的大戏曾一场场地上演,黄河两岸忽而是田园牧歌,忽而是胡马奔驰,农耕人和游牧人在黄河流域为争夺生存空间进行了数千年的战争。而"长江天堑"便成为农耕人的最后防线,拥有巨大经济潜力的长江流域为农耕文明提供了退守、复兴的基地,这是中华文化绵延不绝的重要原因。

想到黄帝为中华文明的绵延开拓的广阔疆域,崇敬之情油然而生。

同样重要的,黄帝时代形成的文化根基为中华文化的发展提供了优良的文明因子,这就是中华文化内在的稳定、厚实、质朴、善于吸收和融合外来文明的特质。

赵武灵王"变俗胡服,习骑射"使赵国迅速强大起来,汉代开辟丝绸之路,广采博取中亚、西亚游牧文化及绿洲文化的成果;唐代承魏晋南北朝以来汉文化融合之势,焕发了新的生命活力,是构成唐代昌盛繁荣的动力之一;正如唐太宗宣称:"自古夷狄亦人耳,其情与中夏不殊。人主患德泽不加,不必猜忌异类。盖德泽洽,则四夷可使如一家"。这种盛唐精神显示了农耕文明接纳游牧文明的气度。

历史上强大的游牧部落,无论是蒙古的铁蹄还是满族人的强虏,在漫长历史长河中都犹如一道闪电,消失在博大精深的中华文化中。外族入侵,并不能彻底征服中华,反之,外族文化却会渐渐被同化。强如印度的佛教,也并没有涤除儒家思想,而是两家渐渐融合,两者并存。文化之间的交融,让中华文化迎来了一次次的新生。

而其他的古老文明,则经历了另一种命运。希腊是西方文明的始祖,希腊在被罗马人灭亡之后,其思想文化及其信仰被洗涤一空,完全是新生的罗马方式,之后罗马被日耳曼人所灭,又复从前。这里所灭的不仅是种族,更是一种文化的覆灭。

要离开了,广场一角那对打碾谷子的夫妇还在忙碌着。我们过去打了个招呼,问今年的谷子收成还可以吧?他们憨厚地摇摇头说,每年的收成还抵不上给田里的化肥投资呢。我们不解地问，那你们还种什么地，不是越种越赔了吗？听到此，他们又反问道，我们农民不种地干啥？让地荒着，会造孽的。不管种啥，收多收少，就图个心里踏实些。说完，又憨厚地笑了笑。我又问道，平时黄帝陵来的人多不？他们说，平时挺冷清的，不过到了每年农历二月初九，这里要举行庙会，这天是黄帝的诞辰，特别热闹的，还有台湾以及外国的一些华人都要来祭祖。说着，他的脸上不觉间流露出了一些自豪。

树因根而茂盛，人有根而生存，一个国家与民族因根而焕发蓬勃的生命力。这个根，就是优秀的中华文化。一个民族的优秀文化，就是这个民族的灵魂，它如高高飘扬的旗帜，增强了民族内在的凝聚力。五千年来的厚重文化，生生不息地滋养着中华民族的庞大根脉，并滋生出许许多多的根系，蔓延深扎于每一寸黄土中。而今天，我们民族要复兴，要凭借着自己的勤劳、勇敢、智慧，开创民族和睦共处的美好家园，培育历久弥新的优秀文化，其内在力量就是这中华人文始祖黄帝所创造的华夏文化。

回来的路上，看到公路两旁堆满了收获的庄稼，不时有几个人拉着满载庄稼的架子车从我们身旁经过，田间地头还有在辛勤耕地的乡亲。那犁头，在这片黄土地上不知耕耘了几多春秋，田地上新翻的垄垄湿土应该熟识它的犁脚。这架子车，也不知载过了多少庄稼，阡陌上纵横的辙印应该数得清它的来回。一个又一个村庄从我们身边闪过，远古那温馨的画面不断在眼前浮现。我想，不管是以前，还是现在将来，这片黄土地上，生生不息繁衍着的永远是这不老的文明。

阆中等你

　　一位身着古装的清秀女子侧身而坐,凝神远望,专注而沉静,隐隐中流露出一缕淡淡的伤感。身后,是一围斑驳的古城墙,再远处则是一面宽阔而深黛的江水。沧桑的城墙,浩荡的江水,这位秀丽的女子,她在凝望着什么,等待着什么? 她是不经意间向远方凝视? 还是等着一个远游未归的亲人? 抑或是在等着一份守候了很久的情缘?

　　当画中女子的眼神只那么随意地向我一瞥,我已迷失在她的风韵中。我知道,一定有一个诺言,关于这座古城,关于这面江水,关于某些人。

　　这座古城,就是阆中。这袭江水,就是嘉陵江。

　　与阆中的邂逅,是在一次旅途的列车上,无意间看到的一幅旅游宣传画。我没有想到，在这偏远的巴山蜀水，能遇到苦苦寻觅的东西，我不禁怦然心动。我时常感到自己人生的缺失，一些关于生命、爱情、永恒的思考让我欲罢不能，又不知所以，似乎就在眼前，却又飘忽渺茫。

于是，我走进了阆中。

生 命

"城中飞阁连危亭，处处轩窗对锦屏。"

这是陆游笔下的阆中。

站在阆中最高点的白塔上，我举目远眺。如黛青山紧依着天际，阆中古城一览无余。古城与新城相拥着偎依在山脚。新城的一边，大多是如笋耸立的高楼，其中有几幢，直入云霄。而古城的一面，全是低低矮矮的瓦房紧凑在一起，几乎全被青色的瓦片一一遮盖，参差起伏而错落有致，仿若阆中悉心收藏着的一段无人知晓的往事。青瓦下飘逸着一种浓浓的味道，我贪婪地吮吸着这种熟悉的味道，应该是一种面香的味道，还有一种炊烟的温暖。一曲江水滔滔不息，当流经这里的时候，江水温柔地一个转身，便划出了一道优美的水弧，把阆中紧紧挽在了臂弯里。江水环绕着古城，青山相拥着江水，阆中安恬地依卧在山水之中，真是"三面江光抱城郭，四围山城锁烟霞"。

壮阔的江水，千年的古城，触动了我困惑已久的心灵，使我对生命的思考有了更深的感触，原来生命可以在更广阔的时空中绽放，平静如水，灿烂如花。

阆中是中华文化的发祥地之一，从公元前314年秦惠王在阆中置县开始，迄今已有两千三百多年的历史，是至今全国唯一一直保持原名的历史文化古城。她自然环境得天独厚,人文底蕴厚重,拥有众多的文化遗迹。嘉陵江水千年的滋养,大巴山与剑门山的共同呵护,遂成如此形胜之地,苏轼曾称赞道:"阆苑千葩映玉寰,人间只有此花新。"

阆中的新城太过喧嚣,和江南的任何一座现代都市几乎没有两样。我决定匆匆翻过新城这一页,直奔古城而去。

这历经沧桑的古城因太多的承载而更加从容沉稳,有故事是必然,不管是浪漫,是悲怆,是厚重。

行走在古城的石板长街,斑驳的小巷纵横丛生,青石板上林立着一排排古老的民居,尤其是那青瓦的长檐,被岁月风蚀的木板门,长满蓬草的旧瓦房,斑驳的土墙壁,老墙根袒露的黄土,木匠铺、蚕丝坊等各种店铺的幌子随风摇曳,将人不由分说地带进了古城的悠远。

叩开古街巷一扇扇厚重的双扉兽环大门,无论是张家大院、马家大院,还是孔家大院,那雅致的亭台楼榭,一窗疏影,映出几枝素竹,几峰假山,衬出一壁浮雕。砌工精湛的花台,葱茏的古树名木,回廊中的笼中画眉,青石阶下花缸中的嬉戏游鱼,身居其中,情趣无限。更让人感到惊叹的是,吊檐、门窗、门楣等雕饰镂刻,玲珑剔透,变化万千,有奇花佳卉,有琴棋书画,也有珍禽异兽等等,林林总总,生动灵性,这是这些古民居的精华和灵魂所在。"秦砖汉瓦魂,唐宋格局明清貌;京院苏院韵,渝川灵性巴阆风。"这副对联就是对阆中古城风韵的完美写照。古院人家是幸福的,尽情享受着一份生活的恬美和艺术文化的滋养。

古城三面环水,习习的江风将整个阆中古城包围着,置身其中,我们就仿佛是一尾会呼吸的鱼儿,自由地尽情呼吸着江水所散发出来的清润水汽。偶尔,有观光的马车走过,马夫扬起手中的鞭子,一道优美的弧线在空中一闪而过,马儿打两个响鼻,"哒哒哒——"的马蹄声消失在古巷的尽头,"叮当叮当——"的马铃声清脆悦耳,渐行渐远……

我感受着古城汩汩跳动的生命脉搏,轻嗅着古城氤氲弥漫的悠悠古韵,探询古城的桩桩往事,从城门走进又从城门走出,聒噪的心绪也渐次平静。想到自己生命的河流总是惊涛骇浪,急匆匆地翻过沟沟坎坎,却无法平静地感受大地自然,更无法寻觅到灵魂可以休憩的地方。今天,在阆中古城,我有了一种异样的感受。

桓侯祠前,耸立的松柏,无声地诉说着张飞在阆中保境安民发展农桑的功德,让我的思绪仿佛回到了那铁血英雄的三国时代。阆中四周有九条连绵起伏的山脉,酷似九条蛟龙,从不同方向汇聚于阆中,地理形胜,独具魅力,唐朝风水大师李淳风和袁天罡在自己功成名就之后,游历名山大川,最终来到阆中就不再离开,阆中成了他们人生最后的归宿。古人所谓的"风水",指的就是以人为中心的人居环境选择与设计,通过某种设计可趋吉避凶,获得大自然的恩赐,其本源还是道家思想。

古城的贡院里,静悄悄的,正在举行着一场隆重的科举考试,入场考试的学子们穿着宋代、明代、清代的考场学服,正气宇轩昂地走进考场。当年的科举制度主要是为封建王朝选拔文武官员,而如今的阆中贡院就是科举文化曾经兴盛的重要见证。从隋朝推行科举考试开始,阆中考中的状元进士和举人比比皆是。明清时,阆中又成为四川临时省会长达十七年之久,省会迁徙后,阆中贡院考棚又作为县试、府试场所。年轻的学子们从这里走向了人生事业的第一步,无论成功或失败,这样的人生经历一定会在学子的心中留下深刻的烙印。

其实,科举制度在封建社会曾经是发挥了积极作用的。除了给国家选拔了大量的管理社会的人才,维持了政权和社会的稳定。更重要的是给寒门学子提供了一个改变命运的平等机遇,改变了政权由贵族世袭的弊端,让真正有学识的人才脱颖而出。中华文明的传承和弘扬也通过科举制度得到了保证,成为了可能。

感谢阆中,把风雨激荡的三国,大唐盛世的辉煌和传奇,科举制度的兴盛都收藏在怀中,让我在千年之后,依然能够感受到中华历史文化血脉的跳动。

遐想间,耳际隐隐传来了巴巴寺伊斯兰教诵经的声音,接着,福音堂做礼拜的喧闹声,天主教堂悠远的钟声,佛庙寺院袅袅的香火一齐拥来。巴巴寺是西南地区最大的伊斯兰寺院,是伊斯兰教的圣地,这里还有西南地区最大的基督教堂。佛教传入阆中也非常早,阆中大佛凿成于唐元和四年(809 年),比乐山大佛还早二百余年,是四川十大佛像之一。阆中还是中国道教发源地之一,汉顺帝时,张道陵来四川修道,居阆中云台山传道、炼丹,并作道书 24 篇,创立道派。这些多元的文化在岁月中默默互相融合,又各自发展,他们共同滋养着阆中,阆中也以非凡的包容性,孕育着阆中古城的文化精华和灵魂,在漫长的历史中缓慢地走来,奏成了一曲天地人的和谐乐章。

暗绿的苍苔爬满了深巷的小路,吊角的廊檐,燕子的空巢。抬望眼,一墙的爬山虎沿着那面矮墙攀缘而上, 吴侬软语的燕言雀声已隐没在暮霭的天空中。阆中静享着这一方山水的恩赐,吟着只有自己才能懂的曲调,缓慢地向前走着,不慌不忙。如今,外面世界的快速发展,也萌动着阆中更多的好奇。于是,一些年轻人纷纷出去到外面精彩的世界里打拼了,而留守在这里的人,依然陪伴这美丽的山水,还有这沉默从容的古城。

我愿意留守在阆中。在这里,大自然的青山绿水让我的心灵得以回归一方宁静;绵绵不绝的中华历史文化印记使我找到了自己在历史文化上的坐标,我不再迷失于历史的虚无,从容地走向四方。宗教是对世界和人生的理解,是对他人和命运的无限宽容。儒家的进取精神,道家的自由山水,佛家的顿悟,基督教的因信称义,多年的精神困惑在多种宗教信仰的融合中得到了抚慰。

在阆中,我找到了生命的归宿。

爱　情

徜徉在阆中古城,街巷肥肥瘦瘦,长长短短,如一行行错落有致的长短句。偶尔在那个句首或者这个句末,点缀着一两棵沧桑之意的古树,不免让人驻足半天,玩味赏析。古院,古街,古树,古屋,在繁复中见别致,玲珑中显精巧,细腻而又婉约,就如一首古韵无穷的唐诗宋词,平平仄仄间总让人生出无限的爱怜,让人吟了又唱,读了又品,余味无穷。

想起那个清秀的女子,想起最初心底的震撼,我踩着脚下的青石板,朝江边走去。

嘉陵江就在眼前了。水汽迎面扑来,宽阔的江面,深绿的江水在静静流淌着,看不见水的波纹,静谧,安详,从容,时间也仿佛凝固了一般。我迫不及待地寻找着,寻找着心底的那份情愫。可平静的江面除了偶尔有一两艘渔船泛起的涟漪外,只有黛色的望不见底的江面了。想起那个女子向远处凝望的专注,还有那一丝伤感,我又向远处望去,对面的锦屏山郁郁葱葱,仿若给纯净的天空上留下了几抹淡淡的黛眉,"水是眼波横,山是眉峰聚,欲问行人去那边?眉眼盈盈处。"这是北宋诗人王观送朋友鲍浩然时的不舍之情,而现在,这位女子又是在送谁呢?抑或在守望着谁呢?

向路边几个年长的老人询问,有的只是茫然地摇头,有的摆摆手,幸好有一个老人说,阆中得名的原因是因为锦屏山上临江的一棵大树上曾经挂着钟,阆中才由此得名。那钟现在还在吗?那钟在清朝的时候还在,但不知毁于何时。关于这钟肯定有一个美丽的传说吧。老人点点头,向我娓娓道来。

在很久以前,在锦屏山的北山腰上,有一棵参天古树,有一条树枝像一只手凌空伸向前方,上面挂有一对宝钟,一雌一雄,人称夫妻钟。两钟情深意长,夫唱妇随,无比恩爱。但是,天有不测风云,一恶人见此对宝钟,顿生歹意。在一个月黑风高的晚上,准备偷盗宝钟。宝钟面对突如其来的袭击,拼命反击,正当歹徒将要得手之际,雄钟挣脱魔掌,回头向雌钟深情一望,便纵身跳入了波涛滚滚的嘉陵江中。雌钟见状,正欲随同跳下,但早已被这盗贼抓在手中。只是,这盗贼一路逃窜,走到陕西汉水边,准备过江进城。当船行至江中时,突然乌云翻滚狂风大作电闪雷鸣,顷刻间这盗贼便被江水淹没。雌钟得救,但从此只有在汉水漂泊流落他乡,终成千古惆怅。此地便因此钟而得名为汉钟,就是现在的汉中市。跳入嘉陵江中的那只雄钟所在地,便被称之为阆中。此钟昼夜在锦屏山至白塔山之间的江浪中回游。每当月圆之际,他就会探出江面,深情地仰望那棵心中的古树。

说者或许习惯了娓娓叙述早已熟悉了的故事情节,而听者却经历了一场惊心动魄的爱情演绎。爱是如此决绝,没有一丝的犹豫与怯懦;爱是如此纯粹,没有任何功利的驱使与诱惑;爱又是如此缠绵,没有造作的矫情与伪饰。锦屏山上的那棵古树已不知现在何处,其实有无与否已不是很重要了,眼前的江水绵延不断,又沉寂无声,就如这份无言的大爱,千年来至死不渝!

江边的风渐渐大了，嘉陵江水也泛起了波浪，那隐隐洪大的江流声，或许就是他们悄悄的蜜语吧。

我想阆中这首古韵无穷的长短句应该是一首抒写爱情的诗词。爱情从来都是一个古老永恒的话题，从《诗经》的《蒹葭》开始，到唐诗宋词，爱情总是不断地被传唱。柳永的"执手相看泪眼，竟无语凝噎"状尽爱情的缠绵与凄楚，与阆中的爱情比之，未免多了些许伤感与泪水；苏东坡倾诉了缱绻思念的"十年生死两茫茫。不思量，自难忘"的爱情，也显得短暂无奈；辛弃疾"众里寻他千百度，蓦然回首，那人却在，灯火阑珊处"虽道出了心中的渴慕之切，但也不过是一时一地之情……

俱往矣，面对着奔腾不息的嘉陵江水，巍巍若带的锦屏山，我感受着爱情的绵长深远，阆中这块爱情圣地，默默无言间，已向我阐释了爱的真谛。

在阆中，我愿为爱千年等候。

永　恒

明天一早就要返程。傍晚，月亮早早就升起了，是一轮圆月。我的心一动，起身出门，说什么也要去江边，再去看看那山，去看看那水了。

月光泻满了街巷的角角落落，也洒满了整个江面。波浪闪着细碎的亮光，仿若陈年的往事被风儿吹皱。周围一片静谧，静得我只能听见自己的心跳。我悄悄的，不敢有一丝的响动，只怕惊扰了周围偌大的静谧。

嘉陵江缓缓地向远方流去，隐隐的水声不可阻挡地撞击着我的耳膜，瞬间淹没了自己心跳的声音。我感到了恐慌，我怕这隐隐弘大的江流随时会将我卷入其中，然后淹没，裹挟着飞逝。

　　我久久地伫立着,看江水缓缓而过,仿若看见时间从指缝间悄悄滑落。江水的平静只不过是一个假象,它的下面则隐藏着滚滚的激流。就如寻常日子里,我们很少感觉到时光在一点点地流逝,总想着,今天过了还有明天,日日复始,而生命就在不经意间,一刻不停地飞逝而去。今天,当我面对着浩浩的嘉陵江水,真切地感觉到了时间的飞逝,生命的流逝就如眼前的江水,平静而从容不迫。

　　无法阻挡流水的脚步,也无法阻挡生命的过程,我只能无奈地看着。

　　当年孔子站在河岸上看着滚滚东去的黄河水,昼夜不息,想到人生苦短,一代一代不过如浪而逝,遂感叹不已,立于川之上远眺说:"逝者如斯夫,不舍昼夜!"孔子仰观天文,想到日月运行,昼夜更始,便是往一日即去一日,俯察地理,想到花开花落,四时变迁,便是往一年即去一年。天地如此,生在天地间的人,亦不例外。古希腊哲人也说:"濯足急流,抽足再入,已非前水。"而我,又能感叹些什么呢?

　　一缕寒意突然袭来,我下意识地抱紧了双臂。然而,怎禁得寒意浸入肌骨。生命的短暂,人生的无奈,使我深深陷入了一种无边的孤独和莫名的绝望。

　　月华如水,静静地泻在嘉陵江上,然后随着缓缓的江水一起消逝而去。我想起了那个美丽的传说。月圆之际,雄钟就会探出江面,深情仰望那棵心中的古树。今夜,他会不会如约而至?一定会的。千年来,江水如斯,那棵古树早已不见踪影,而这山水却因了这美丽的爱情而依然动人!美好的爱情原来可以让转瞬即逝的生命这样得以永恒。我想起了牛郎织女,因为爱情的坚贞,几千年来,在夜空中熠熠闪亮。我想起了泰坦尼克号,因为爱情的浪漫,它永远不会湮没在人们记忆的深海。

　　我感到了丝丝的温暖。心头一直的疑惑也幡然醒悟,我懂得了古诗词中的爱情诗为什么几乎都发生在水边,"关关雎鸠,在河之洲。窈窕淑女,君子好逑。"一位姑娘在水边采摘着荇菜,她的窈窕身影,让一位男子日夜相思,不能须臾忘怀,甚至长夜不眠。多么质朴真率的感情,这首传唱了两千多年的古老民间恋歌,今天读来,还是这么清新动人!"蒹葭苍苍,白露为霜。所谓伊人,在水一方,溯洄从之,道阻且长。溯游从之,宛在水中央。"河边茂密的苍苍芦苇,剔透的露水已凝成浓霜,泛起浸人的寒气。一位男子时而翘首眺望,时而蹙眉沉思。眼前秋水茫茫,思之可及,行之不易。情到极处必生幻,他看到了伊人的身影在水中央晃动,一江秋水让爱情从此有了归宿。

　　只有在水边,人们才会如此清醒而深刻地意识到时间的飞逝和人生的须臾,内心渴望着一份生命的永恒,只有爱情才能给生命以无限的憧憬和长久的温暖,去抵抗飞逝的时光对生命的诅咒。

　　阆中应该是从诗经里走来,从诗经第一首的第一行走来,翻过山谷,穿越森林,蹚过河水,历经沧桑,走过浮华,一走就是几千年,不经意间,把自己走成了一首爱情长歌。

　　在阆中,我找到了生命的永恒。

秦淮水晉

下辑 吟唱

远逝的牧场

今天,我应约而去。

车子在高速路上飞驰,窗外的风景在迅疾地切换。车内,CD,一曲《我与草原有个约定》正高亢悠扬。这一切都好似预先准备的。

从小蜗居在豫西山区里的我,一直对草原怀着一种极致的渴望,心中珍藏着一幅被涂改了无数次却依然清晰的草原放牧图:蓝蓝的天空,碧碧的草原、清清的河流、洁白的羊群在一望无际的草原上起伏涌动。一位清秀的姑娘正扬鞭催马,悠扬的歌声响起,欢快的马蹄跳跃,这不会是当年王洛宾心中那位遥远的美丽的姑娘吧?我痴痴地想着,直至思绪渐行渐远于那模糊的印象……

车子下了高速,驶入宝鸡,出了市区。闪过一个个村庄,飞过一片片田地。不远千里的路程，只为了兑现一个美丽的诺言，我们不敢稍有怠慢。凌晨四点多出发，七八个小时之后，我们还痴痴地奔走在这赴约的路上。只是，心情少了几许刚来时的迫切。太阳的炙烤与旅途的疲劳一齐拥来，车子依然耐着性子在公路上颠簸着。

"距离关山草原还有 55 公里！"车上有人惊喜地叫了起来，这无疑是让我们最为兴奋的消息，每个人都振作了起来，翘首以待，仿佛眼前就能看见草原那依稀的身影。

关山草原位于陕西省陇县西南部，距离西安市 300 公里，游览面积 34 平方公里，是我国西北内陆地区唯一的以高山草甸为主体的旅游风景区。它地处关山山脉南端，地势南高北低，山地海拔多在 2200 米左右，主峰海拔 2466 米。关山地区自古以来就是关中平原的西北门户和屏障，古道横穿，关隘重重，兵家必争，帝王巡幸，商贾往来。秦人先祖在此牧马蕃息，汉唐骏马在此雄起诞生。秦皇汉武唐宗西巡，商贾邮驿进出往来。

隐约间，阵阵湿润温凉的风迎面扑来。车子渐渐驶入关山地带，在谷底的公路上慢慢向前蠕动，公路依着山势，渐深渐高。这里山势逶迤，石多土少，山上的树木大多深深扎根于岩石上那稀薄的土层中。出乎我意料的是，树木的颜色并不是唯一单调的绿色，有的呈橙黄色，或者红色，或者淡白，杂乱而无章，可能是树木的种类比较多吧。这样总给人一种季节的错觉，以为是踏错了鼓点，来到了秋的世界。远望，一座座起伏的浑圆的群山，宛如一朵朵缤纷的蘑菇。如果能俯瞰的话，那定是一幅绿色地子上点缀着无数蘑菇的大花布。行走着，眼前突然一亮，只见，在缤纷的丛林中，夹杂着一种开着白色花朵的刺梨树。有时一株，或者几株，或者一大片。仿佛是那冬季的雪花晶莹于琼枝玉柳，煞有一番"碧树银花"的味道。

　　渐渐地，愈接近关山草原，谷地也愈加广阔。这里的山顶都是统一浑圆的形状，坡平缓而广阔，草丰美而壮观。树也渐渐地稀少了，只有在山顶才有一簇簇的丛林，坡上，尽是满眼的绿茵茵的草儿。偶尔，有那么一株点缀在半坡上，叶子稀疏错落，枝干微微泛着银白，仿佛一位风姿绰约的女子，正在寂寞而幸福地等待着什么。而不远处山顶那密密的丛林，仿佛正在窥视着她的全部秘密。偶尔，还有几匹健壮的马儿在安详地吃草。仰望群山，绿茸茸的大毡子上，不知是被哪位大手笔给印染上一幅清新淡雅的山水写意，自然地流泻到天边。此时，脑海中草原的印象在这一瞬间被打破，遗憾之余，又感到一丝欣慰。该叫作关山牧场吧。

　　踏着青青的软草，心里也有些不忍。是的啊，这里每一寸土地上都浸渍着秦砖汉瓦的遗风；那林隙间，一定还隐匿着先人们放牧休憩时的微酣；那草丛间，定还散落着那汉唐骏马的蹄痕。恍惚间，我的思绪飞出了很远很远……

　　我仿佛看见了西周初年的秦人先祖非子，扬着长长的牛鞭，从喉咙里发出那难懂的抑扬的调子，驱赶着成群奔腾的马匹，在为周王室饲牧放养。幸运的是，他辛苦了一遭，终因"马大蕃息"，功绩卓著，被封为食邑。从此，畜牧业在这里起步，一个民族开始了它的繁衍生息，秦人就这样一步步由此而走向了关中平原，走向了全国。在秦的文化历史上刻上了最初最深的一笔。

　　耳际仿佛飘来阵阵铁骑的嘶叫声，威仪庄严的汉武帝，正驾着飞马踏着滚滚的黄烟而来。立定，他放眼尽望，成群的马匹正呼啸而来，飞腾而去。汉武帝怅思良久，然后捋了捋胡须，点点头，嘴角露出一丝不易觉察的笑。那笑里，隐藏着十足的霸气。是的，征战匈奴的梦想，此时已不仅仅是个梦了。你看,那年轻飒爽的霍去病正率着万余精骑,过关山出陇西,沿祁连山直趋西北,长途奔袭,出击匈奴,封狼居胥,凯旋而归。为汉武帝的宏图伟业再添一个精美的感叹号。

黑夜里,凛冽的寒风像刀子一样划着人的脸庞。在这关山的深谷里,只见一个矫健的身影疾驰而过。听得清楚,那闪着寒光的铠甲碰着热汗凝结成的冰溜的击撞声,清脆而响亮,惊扰着这关隘的梦魇。我知道,定是边关传来形势危急的消息,否则,这奇女子花木兰,敢于替父从军,关山飞赴,哪敢有半点懈怠。有谁知心中忧焚,家国情思?

…………

历史潮流的浪花转瞬即逝,那轰轰烈烈的壮举,那脍炙人口的传说,都曾在这里,留下了淡淡的一抹。汉张骞出使西域,唐玄奘天竺取经,文成公主入藏联姻,古丝路"回中道"皆由关山通过。山依关而名,名随关而扬天下。这里,南北延伸成屏障之势,形势险要,是中原至西域的重要通道和军事关隘,被视为"咽喉呼吸之关,锁钥关键之固"的兵家必争之地。"从军出陇坂,驱马度关山",更记载了无数可歌可泣的业绩故事。

公元30年陶启起兵反汉,居陇坂伐木塞道,以拒征剿,刘秀多次遣兵征讨,公元33年刘秀亲率部队抵达汧县,"歼狂丑于陇坻","秦肤捷于回中"。

唐初薛举起兵攻唐,李世民迎击直追至陇山。

宋金对峙时期,陇州之地为长期争夺之处,展开了长达三十余年的拉锯战。

清康熙十四年(1675年)叛将李黄莺据关山顶,伐树塞路,扼据险要,而清兵驻咸宜关,双方对峙竟长达三年。

1949 年 7 月,西北野战军第一军向盘踞于固关、关山等地负隅顽抗的马步芳部队发起著名的关山战役,一举歼敌一个旅和地方自卫团三千多人,打开了人民解放军西进的大门,在解放大西北中有着十分重要的意义。

…………

固执地拉回飞逝久远的思绪,只见眼前,几个舶来的"蒙古包"跃入眼帘,各种小贩的叫卖声此起彼伏。只有近处的山坡上,还散乱着几匹懒洋洋的马儿。路边,各种车子拥挤着。车比马多,人比车多。四周望望,各种娱乐设施一应俱全,什么山地滑草、高空滑索,还有草原射箭、单管滑道等等。各种小店招揽生意的呼喝声不绝于耳,他们有的带着蹩脚的西部牛仔帽,拿捏着嗓子吆喝着"正宗的蒙古烤全羊哎——"就在一笔生意成交之后,一只只羊儿在被主人称好重量,然后用斤数乘上某个能体现自身价值高低的数字,在一把锋利的屠刀下流出汩汩的鲜血,冲洗之后,任人送上那滚烫的烤箱,旋转着,炙烤着。接着被端上桌子,被人们撕咬着,咀嚼着,最终被人的胃液所消化,从而完成自己的最后使命。这一切,令我不忍目睹。闻着那喷香的炙烤味,我分明闻到了那氤氲在其中的凄惨的控诉与无奈。离开了,赶紧呼吸了几口清新的空气,我想,这里除了清新的空气免费外,其他的一切能被利用上的都物尽其用了。想想,也能理解,开发旅游嘛。只是,沉重的伤感从心头涌起。那是一个民族精神飞扬激荡的大时代,也是一个王朝更迭充满着拓疆征服欲望的时代。王昌龄笔下铮铮铁骨的"黄沙百战穿金甲,不破楼兰终不还"的誓言,至今还在空旷的天际回响;李白的"愿将腰下剑,直为斩楼兰"的一腔热血还在温热着激荡的胸怀。关山牧场,你们曾在这里孤寂了多久?先祖非子曾在你额头的皱纹里细数流年,感慨万千;关山牧场,你们又被人遗忘了多久？秦汉的铁骑曾在你们厚实的胸怀里驰骋遨游,奔赴战场。而今,人们的精神空间已经退化到纯粹的物质享受,我不知道是欣喜,还是悲哀？此时,正好有一股强劲的冷风从头顶吹过,我打了个寒战。

不觉间,两个多小时过去了,为了晚上能按时赶到西安,我们必须驱车返回,有三百多公里的路程。第二天我们还须再赶二百多公里的路程从西安返回家乡。要告别时,突然间产生一种依依不舍的感觉。那色彩疏淡的丛林,那绿茵如绒的草地,那清新微润的空气,那淡定绽放的刺梨,那一幅幅自然写意的山水画,都将永远定格在我的记忆里。还有些许莫名的伤感。就在此刻,不知为什么,我忽然想到了陶渊明,想到了他的"采菊东篱下,悠然见南山"的情景;也想到了那些远离都市的人,想到了那些扶着犁扛着锄头的人,想到了与山为伴与月为友的人,想到了那些把自己完全托付于自然的人。我想,他们至少是幸运而幸福的,生于自然,融于自然,最后也归于自然。而我,而我们,整日则囿于世俗的牵绊与尘世的琐碎之中,出来一时,也不过是走马观花而已。未能走近自然,更何谈走进呢？

离开的时候,我只有冥神屏息,悄悄地告诉自己,如果有机会,如果有可能,一间小屋,一群牛羊,一座山头,一片草地,一把锄头,一介关山老翁,此生便足矣。但我清楚,我忐忑,扪心自问,明白,这只是想想而已。只有离开。别了,关山牧场,不久的将来,你还能容颜依旧吗？

匆匆拜谒之余,便启车返程。暮色降临之际,已到古城脚下。城内,华灯初上,霓虹闪烁,繁华似锦。恍惚间,思绪仿佛穿越千年时空。眼前,不会就是当年盛唐的曲江盛宴吧？你看,朦胧中,那欣喜的太宗已经微醺,尽兴地在鼓掌击节;那诗人李白已在开怀畅饮,挥剑起舞……

就这样,在此刻,我走进了西安的怀抱,屏息着倾听着她的呼吸。

问禅竹林寺

2012年的夏秋之交，我陷入了极度的焦灼之中。

面对着黑黑的散发着浓浓草木气息的中药汤汁，我一饮而尽，那苦涩的药味漫过喉咙，躺在病床上的我眼泪不由地流了下来。

整日奔波于繁重而辛苦的工作之中，老人孩子的琐事一件件都要尽力地去照顾，人到中年的各种责任压在了肩膀上，生命的活力正被一点点透支，身心终于疲惫不堪。回头看看走过的路，我感到青春的韶华逐渐在岁月中蹉跎，以往对生活的热情和希望正渐渐熄灭，精神也在一次次希望与绝望的交替中麻木。

不惑之年了，却未能得到不惑之境，心头增添更多的是似解未解的困惑，竟这样无端地困扰着我。

在行走中我仍不停地追寻，我不知前方等待我的将是痛苦还是快乐。生活中就是这样充满了许多偶然与必然，终于有了机缘，我决定问禅于灵宝市故县镇秦岭深山处的一座千年古刹——竹林寺。

寻　缘

"终日昏昏醉梦间，忽闻春尽强登山。因过竹院逢僧话，又得浮生半日闲。"不同于唐代诗人李涉的闲散心情，此时的我却身心俱疲，焦灼不安。车走到中途，天就下起了小雨，丝丝的凉意也便随之袭来。秋雨莫不如此了。

到了故县镇，小雨已成了大雨，吃了顿饭，向饭店老板打听，才知这里距竹林寺还有二十多里的山路。竹林寺就坐落在故县境内的莲花山中。想到山路崎岖不好走，我犹豫着是不是要继续前行。这时，几缕蒙蒙的雨丝随风飘落在脸颊，凉凉的，其中弥漫着淡淡薄荷的清新，凉爽不过，我刚才晕车时的胸闷难受顿时好了许多。心头也随之一振，好个如此秋雨，雨中的竹林寺该别有一番景象吧。

左拐，右拐。车子顺着蜿蜒的公路盘旋而上。公路两旁，迷蒙的雨雾似一帘帘垂幕，车子疾速掀开又穿越其中。窗外，仿若一幅幅山水淡墨画正在眼前晕染开来。近处，青翠的绿色也随着视野的开阔而渐次分出层次来，在这秋雨的诗意中，我的心头也隐隐升起了一种莫名的向往。

路过几个村子，矮矮的院落参差不齐地在雨中静默着。司机见我们不停地询问快到了没有，便笑了笑，就向我们娓娓讲了起来。他说，每年农历二月十九日，这里都要举行庙会，很是热闹。他解释道，相传二月十九是菩萨的生日。以前，这里曾遭遇过干旱，结果，是莲花山上流下的清泉救活了这好几个村子人的命和这里大片的庄稼,人们都认为这是山上的菩萨显了灵,是菩萨救活了他们。所以,每年一到二月十九这里都要举行庙会来纪念,庙会都是由山下的这几个村子轮流主办,年年如是。

边说着,车子朝西一拐,进入了真正的山路,路面坑洼不平,车子开始颠簸起来,东倒西歪的,身子简直要散了架,一不小心,就会被弹起来,头就会碰着车顶。依着右边山势的,是一条石子河,一股清澈的泉水正叮咚流淌,山上,满眼的青松翠柏郁郁苍苍。顺着一溪清泉,读着两岸青色,就这样随着车子一路颠簸着前行。

想起司机刚才讲的那个故事,这眼前脚下的淙淙小溪,想必就是当年救活许多百姓的神奇泉水。若不是雨下得太大的缘故,我定会下车双手掬一捧清泉,让那清冽入心的透彻来荡涤旅途的疲惫与潜在的浮躁,将是何等的惬意。只是现在,科技发展了,人们生活条件也好多了,山下几个村子吃水的问题也早已不用靠这泉水了,而这条小溪却依然淙淙而流,从未间断。

不到半小时,就到了停车场,停车场不大,是一块很小的平地,仅能停放五六辆车。停车场北边,是一道窄窄的石阶,这就是通往竹林寺的道路了。这道石阶不是很长,雨越下越欢,台阶或被枯叶覆盖,或被冲刷得很干净。雨水清脆地滴答在石阶上,耳旁虽寂然无声,心头却已被一双无形的手开始轻拢慢捻了。冥冥之中,看来我与佛是有缘吧。

圣 境

踏上几十级石阶,我转过身放眼望去,远处云雾蒙蒙,周围群峰高耸,若隐若现,若一瓣瓣盛开的莲花花瓣簇拥在一起,而脚下,就处在这莲花山正当中,宛如莲花的花蕊一般。竹林寺,就坐落在这莲花的花蕊上。这里,群山依托着寺院,果然是莲花万朵,无生无死,优哉游哉的佛国世界,好一个修身悟禅的去处。"南朝四百八十寺,多少楼台烟雨中",雨中的竹林寺更让我体会到了杜牧笔下那江南寺院的风韵。

偌大的雨仿佛消隐了一切声响,周围寂静一片,我们也自然压低了说话的声音,只怕惊扰了什么。走完石阶,就到了平台,一处不是很大的平地,眼前并排坐落着三座殿宇,这就是竹林寺了。这三座殿宇分别是宋式菩萨殿、清式三圣殿各一座,还有仿古伽蓝殿一座。因是雨天,寺院里没有一个香客,很是寂静。雨还在淅淅沥沥地下着。

谁知,刚进寺庙几步,就听见了"梆梆——"的木鱼声传来,节奏不紧不慢,我驻足细听,听不见诵经的声音,闻不到袅袅的檀香。那木鱼的声音和着下雨的淅沥声,在山中回荡,又瞬间消失。回头再看看身后的阶梯,脚下的石阶易登,而人生的感悟却并非如此之易。

接待我们的是寺庙里的三个居士。我跟随着他们径直来到了古朴的菩萨殿。这座殿始建于689年的唐朝永昌元年,至今已有了1323年的悠久历史了。期间它经历了宋、元、明、清五个朝代而经久不衰,香火不断。斑驳的墙壁,灰黑的房梁,隐隐的古韵在空气中荡漾开来。看着菩萨静坐着,依然微笑着。小殿墙面上20世纪五六十年代的报纸还依稀可见,尤其是墙面上绘制的一幅幅水墨壁画,画中人物举手投足,栩栩如生,仿若展现着一个个似曾相识的生活场景。我问寺中居士壁画的内容,他们也笑笑,摇了摇头。

最引人注目的是那明清时楼阁式建筑佛龛,主体一层敬献观音菩萨,上面四层相对独立各自组成九个小庙敬献观音。整个楼阁完全是木制而成,镂空雕刻精致细腻,造型完全浓缩了中国传统建筑的风格。我走近仔细地看着，可结果除了感觉它的异常精美之外，我什么都不懂，时光的流痕在上面叠印了一层又一层，我愚陋的目光又怎能轻易地读懂呢？

在千余年的历史风浪中颠簸沉浮，这些建筑在竹林寺竟然保存得完好无缺，不能不让人为之惊讶。竹林寺的沧桑历史，从某种意义上讲，也是一部中国佛教的曲折发展历史，它见证着佛教在尘世中的起起落落。

随着佛法弘扬之旅走到中国的是印度佛教的雕塑艺术，在高昌、库车、敦煌、麦积山、云冈、龙门，一条辉煌而绵长的佛教石窟寺带也在中国大地扎根。眼前的菩萨，身段秀美，气度娴雅。修长的眉眼，呈现出无限的明澈与智慧，紧抿的嘴唇，温柔而又妩媚，面相丰满，鼻梁微低，脸部线条柔和，显得雍容厚重，富有人情世俗味，薄薄的衣裙，飘飘欲动，与其说是宗教里的神，不如说是唐代现实生活中善良美丽的女性。可见佛教到了唐代，造像艺术已失去印度佛像原有的风格，全然已本土化、民族化了。

俗世中那些未曾谙知佛门智慧的人们总喜欢给佛披上一层厚厚的神秘面纱，在幻想中赋予他们太多太高的神化权力。但眼前微笑端坐的菩萨像，却没有了往日神庙里塑像的威严与神秘，更多的则是多了一份亲切与从容。其实佛离我们很近，是我们的心远离了佛。

东汉明帝时期，印度佛教传入我国。传入之后，在相当长的一个时期内，它只是被当作黄老神仙方术的一种在皇室和贵族上层中间流传。当时少量的佛寺也主要是为了满足来华的西域僧人居住和过宗教生活的需要，洛阳的白马寺就是在这样的情况下建立的。

佛教真正在中国社会大流行还是在东晋南北朝。东晋南北朝是一个血泪交融的时代，无论是北方还是南方，到处都是刀光剑影，战乱不已，社会各阶层的人们普遍有一种"人命若朝露"、"人生若朝露"的忧生之嗟。强烈的生命忧患催动人们往四面八方去寻找安身立命之处。而佛教则为人们展现了大慈大悲，能把人们从现实危难与苦痛中解救出来的威力无边的诸多"救世主"。"若有众生，遭亿百千骇困厄、患难，苦毒无量，适闻观世音菩萨名者，则得解脱，无有众恼"，这对于身陷苦难中的民众不啻为绝望中的光明。而佛教的"轮回"说更为人们辟出了精神解脱的新天地。

南朝帝王崇佛，在梁武帝时达到高潮，重视译经，广建寺庙，《南史·郭祖深传》中记载："郡下佛寺五百余所，穷极宏丽。僧尼十余万，资产丰沃。所有郡县，不可胜言"。佛教为了适应中国社会与文化的需要而不断地融合，又在融合中不断地发展。到了隋唐时期，南亚的佛教文化经历了千年的消化吸收，最终转化为中国文化机体中的有机物，成为中国文化重要的组成部分。

我想起了去印度取经的玄奘，玄奘于唐贞观三年（629 年）出发，经过了千辛万苦到达印度，经过刻苦学习，于唐贞观十九年（645 年）回到长安，并带回了大量佛经，受到官民的热烈欢迎。在长安创立了佛教法相宗，由于佛法深奥，难以修行，过度强调印度佛教的正统性，在玄奘离世几十年后终于消失。而纯粹具有中国特色的佛教宗派相继展开，这就是天台宗、华严宗、禅宗、净土宗。这小小的竹林寺，就是在佛教中国化的基本完成后建立的。

回头看看这座并不起眼的竹林寺，只不过是在唐朝佛教盛行之时，所留下来的一个小小的缩影。那个时候，像这样的佛教寺庙，林立于全国的名山大川和都市乡镇之处，更在潜移默化地影响着人们生活的角角落落,逢年过节了,都会有无数的善男信女前来祈福求平安。多少年来,岁月沧桑了年轮,历史沉淀着厚重,而这一方小小的寺院,却不知激活着多少对人生有着美好憧憬的心灵,度化了多少沉溺于世俗的物欲不能自拔的灵魂。

大地万物一切皆有因果,能存在下来的自有它存在的理由,消失了也自有消失的缘由罢了。

禅　悦

身边一个居士正在向我娓娓叙述着。我趁势问道:"今天雨天,寺院的住持应该在吧?""真不巧,住持今天有事外出了。"居士的回答让我顿时失望了。

出发前,本想着下雨天,香客少了,寺院宁静了,或许能见到这里的住持空素法师。"松下问童子,言师采药去",想起了那首《寻隐者不遇》,而今天,我冒雨前来,看来只能在青山如黛的雨雾中,满载遗憾而归了吧。

或许是看到我有些失望的样子,一位年长的居士主动邀请我到禅房小坐。简单的家什,在淡淡的茶香之中,我们开始交谈了。没想到,开头的第一句话,那位年长的居士竟然问我:"你以前到这里来过吧?我看着你有点面熟。"我只能抱歉地摇了摇头,告诉他说,我是第一次来这里的。既然能来,就是与佛有缘。他微笑着说。

我心头一惊,以前从不屑于拜佛烧香的我,竟然没有理由地专程前来拜访。想到途中因雨下得太大而犹豫不前,想到一路的坎坷颠簸,想到毅然前行的虔诚,缘吧。

接着,这位居士向我介绍了竹林寺的一些历史,还告诉我佛学的一些简单道理。我问道,平时这寺院香客多不?他说,平时总有人来上香的,尤其是初一和十五的时候,香客尤其多些。香客都是哪里人啊?他笑了笑说,最多的就是附近村子里的,还有县城的,外县市的,远的还有广东的一些香客,每年都要回来上香。这倒令我有些感到惊讶了。在这深山僻壤,还有人不远千里如此虔诚地前来拜佛。我问道,这么远的都来了,你觉得他们虔诚而来是因为什么呢?他顿了顿,迟疑地回答道:"人都说,竹林寺的菩萨灵验!"说完,我们都呵呵地笑了。这位居士用自己粗浅的理解来诠释佛法了。听到这里,我的心情轻松了许多。

释迦牟尼在深山中静坐六年,最后"悟道"成佛,创立了佛教。佛教就以它智慧的佛光让多少愚钝的心灵得到解脱重生。人们祈求佛能降福消灾,寻找宁静的佛教圣地,去歇息,去忏悔,去探索真谛,精神得以有所寄托,灵魂也因此不再漂泊。尤其是在如今物质财富和人的欲望同步迅速增长的今天,人们几乎都要面临着追寻或重建精神家园的需要,而佛教却可帮助人们摆脱各种精神困扰,充实无聊空虚,提升自我,得以安顿好整个身心,刚才居士说的这竹林寺一直香火不断,究其根源就在于此了。

说到空素法师,一位居士说还不是为了这竹林寺,空素法师才累下了病,让医生开了点药,结果病情加剧,不得已住进了医院。怎么会给累着啊?我疑惑不解。原来寺院想在平台最北的地方,依着山势修建一座大雄宝殿,所有的开支花销都来自寺庙的化缘。忙了好几个月,才把地基整好。是请专业的建筑队,还是你们修建?哪有专业的建筑队,况且寺庙也请不起人家啊,都是附近村子里请来的小工帮忙,按天结算。你想,寺院三个多月才化缘一千多元,现在还有好些人的工钱还没清算呢。你说,空素法师能不着急吗。

看到空素法师简单又简陋的禅房,我不禁肃然起敬,心生喜悦,我感悟到这位法师在简易的生活中,心早已不为物所役,所以根本就不再也不必去计较生活的浮华,在简单平易的心境中,能把常人以为贫乏的艰苦修行到艺术化、纯粹化的自然境地,正是一位禅者的日常生活。永嘉大师曾说:"行也禅,坐也禅,语默动静体安然。"对于真正的禅者而言,在平常生活中,禅是触手可及的,无所不在的。想到此,我为自己刚才的想法感到惭愧,在空素法师的内心世界,或许一切已经充实圆满了。

顿 悟

想起竹林寺名字的来缘,问了句,竹林寺的名字是不是因为这里有竹子啊。那两位居士同时说道,就是啊,这寺院西边的沟壑就有四亩多的竹林。雨还在下着,比刚才小了些许。远看群山,清新如黛,青翠欲滴,因是雨天,道路更加泥泞,我就没有下到竹林的深处。往下望去,竹海一片,密密丛丛的竹林,寺院四周被翠竹与溪水环抱在雨中更别有一番情致。没了往日虫鸟的啾唧,没了行人的烦扰,只有细雨敲打着竹叶窸窸窣窣的声音,竹林显得更为静谧。此时林中的小径,应该更幽,更深,更静吧。

一位居士一只手朝北面的那座山顶指着,向我热情地说道:"你看,这山崖上有一双如来佛的眼睛,不信,你仔细看看。"我顺着他手指的方向望去,只见山峰在雨雾的缭绕中,显得更加迷蒙清丽。只是居士所指的如来的眼睛,我左看右看就是看不见。居士又耐心地给我描述了一番,可我还是眼前雾蒙蒙一片,哪里辨得清呢。只是这次,我却没有一丝遗憾。其实看见看不见,已经不是很重要的了。那位居士看得见,是因为她心中有佛,所以看得见,看得清。而我,只是刚刚与佛结缘的人。

年长的居士送了我三本佛家书著留念,感谢之余,我只有在心里轻声念了句"阿弥陀佛"。转身要离开了,我还是忍不住又回头看了看北面的山峰,虽然看不见如来佛那双微笑而睿智的眼睛,但我相信,在每个人的心中都应有一双佛陀的慧眼在注视着自己,我们在俗世中不断地面对,最终让心灵圆满于宁静充实。

我突然间顿悟。

想想来时充斥心中的焦灼和烦躁,这一切皆是由自己心头的各种妄想杂念所产生的无形力量在纠结着身心,当我明白禅的内涵,才发现对于整个生命来说,所有的纠结焦灼都是那么的无关紧要,无足轻重。俗世生活中,一切皆要积极争取,顺其自然,遇到幸福,就随缘享受,不执着;遇到灾祸,就勇敢挑战,不抱怨。放眼人生,我们不能纵览生命全景,欲窥生命的生机,唯有明心,时刻看管好自己的心念,把生活中的挫折当作对禅的磨炼,那么,人生的智慧就会像大海和虚空一样地无穷无尽。心里有佛,佛即人人,问禅其实就是问自己,禅的最高境界就如这山中静地,消隐一切尘世喧嚣,才听得见造化万籁。对人来说,禅的所有秘诀就只在于"放下"两个字,放下不是放弃,而是要怀着积极的心态去面对去解决问题。禅宗就是要我们积极地入世,去掉妄念,才会真正拥有人生。我们不能抛弃责任,离开亲人,远离人世去苦苦修行,那不是禅的本意。有这样一句人生警句:"人生的幸福不在于自己拥有了多少,而在于能够放下多少。"这原来就是禅宗智慧的经典翻版罢了。当人生的各种欲望和诱惑来临时,我们不应回避,不能放弃,要积极争取,努力实现自己的人生幸福;如果失败了,要学会放下,不抱怨,世间万物皆是缘定,这才是生活中的禅。此时,未能与空素法师谋面的遗憾也不再有了。

在这如此静谧的佛境,心头最初的困顿已消逝得无影踪了。望着雨中的居士向我们道别,我想起了刘长卿的那首《送灵澈》中的"苍苍竹林寺,杳杳钟声晚"的诗句来,竹林寺在我的视线中渐远渐模糊,最终消隐在一片深远的青色之中。

雨后的山中,小溪依然淙淙流淌,我撷取清新的山气,一路前行,明净从此安住我的身心。

这一片黄土地

　　国庆放假,正是农忙秋收时节,便决定回家帮父母干点活。

　　回到村子里时,已是下午时分。夕阳的余晖斜照下来,给村子涂上了一层温馨的金黄。这幅似曾相识的画面仿佛是记忆闸门的某个密码,以前的许多画面瞬间从脑海中跳跃而出:儿时顽皮的我,每每疯到夕阳落山时,才会迈向回家的路,此时的村头上空,正飘荡着母亲那轻声的呼唤。家里,热腾腾的饭菜等候许久。这些令我始料不及,我以为这些记忆永远地被封存在记忆里了。村边,偶尔几个熟悉的面庞亲切的招呼打断了我的思绪,"欣,回来了啊,这一次就在家多待几天啊!"我微笑地应和着,亲切的气息迎面扑来,那似曾熟悉的一张张粗糙的面庞,过早地沉淀了岁月的沧桑,正如脚下这一片黄土地。

　　家乡的村子位于黄河中游的一个黄土塬上。从地图上看，很容易找的，就是黄河"几"字形竖弯钩拐弯的地方。每次看中央台的天气预报，孩子一眼便会找到家乡的位置，我曾给孩子指过好几次。岸边的黄土塬，除了给古老的黄河定期不限量地增加河水的"黄度"外，还有一个不可磨灭的功劳，那就是可以有效预防河水泛滥而带来的灾害。听老人说，很久以前，我们村就在离黄河岸边不远的地方。黄河经常泛滥成灾，无奈之际，全村人就举家迁移到现在的塬上。当初选择决定这个村址的时候，考虑到这个塬一方面可以防止河水泛滥带来的麻烦，小村的北面是黄河，南面是深深的沟壑，这样，天然的屏障还可以防匪，因为以前经常有土匪出没，这点考虑无疑是一举两得。当时村里的先辈们肯定为自己这个英明决断而自豪的。他们绝对没有想到，当初他们自认为是不容置疑的依据，在若干年后，却成了令子孙后代无比头痛烦恼的"后遗症"。

　　村子位于小镇的北面，叫作"北塬"；以前的老村子就是老镇子的所在，所以现在的村子又叫"新城子"；老村子中是以白氏家族为主的，又叫作"白家寨"。年轻一点儿的都喜欢用前两种称呼，问路的时候不管问谁，一问便知晓。而后一种称呼恐怕早已成了上了年纪的人的"专有名词"了。

　　家乡的黄土土质呈沙土状，一遇见风，便会尘土飞扬，关紧门窗也不济事的，半天工夫，屋子里的桌子上便会蒙上厚厚一层细细的尘土。但故乡的黄土另一方面却又很"黏"，它把陕西、山西和河南三省紧紧地黏在一起。虽然与两省为邻，只须半个或一小时便会到外省旅游一番。在人们的心头，这道无形的省界好像从来就没有存在过。只不过随着科技的发展，手机的普及，稍不注意的话，几十米之隔，便会把时空拉长，通话变成了"长途"。

村子的东北方向有一处高地,人都叫它为"鸡子岭"。听姥姥讲,以前早晨,报晓的公鸡只要站在那里长鸣啼叫,三省边界的人家便都可以听到的。听起来好像有点夸张,其实一点儿也不假。

记得六七岁的时节,一到农闲时候,爷爷总喜欢骑着自行车去山西风陵渡赶集。有时,就让我坐在车前边的横梁上。那时赶集对我来说,有着莫大的兴奋。最紧张的就是过风陵渡黄河大桥时,这桥是铁路桥。人们就在离铁路一米远两边的人行道上通过,那时还没有现在的黄河公路桥。人行道上铺的石板中间的空隙就有半脚宽,走在上边,要注意脚下,手紧抓着旁边的护栏,只怕一不小心脚丫子夹进缝隙里。而桥下边,就是波涛汹涌的滚滚黄河。令人最心惊胆战的就是,正当走到桥中央时,迎面或者背后便会有一列火车急驰而过,在火车"轰隆隆"的震动中,脚下的石板也好像安了弹簧似的跳了起来。此时,我的手把护栏攥得更紧了,吓得紧闭起眼睛,感觉着火车驶过带来的疾风冲击。好不容易等火车过去了,才松了好大一口气,又小心翼翼地朝前走。十几分钟的工夫,在那时的心里不知有多漫长,不过,一到集市上,那热闹的场景,丰富的商品定会缭乱了我的视线,自己也把刚才的惊险情形早忘得一干二净了。

每年到秋后,村子上的人们还要把许多的白菜萝卜拉到集市上去卖。为了卖个好价钱,便要赶到更远的陕西潼关街上去卖。早上四点多,就听见爷爷起床,拿上几块干馍,叫醒姐姐或者小姑起来,收拾停当后,就赶着牛车出发了,到天明的时候,正好能赶到潼关街上,生意好的话,下午一两点就能卖完。然后到羊肉馆里要碗羊肉汤,泡上自带的干馍,热乎乎地吃完,三四点钟就能赶回来。每架子车白菜,卖不了几十元钱,但那时却是黄土地上人们从土坷垃里刨出来的一点儿希望啊。

多少个日日夜夜,这片黄土地上的人们,就是这样日复一日地过着日出而作日落而息的原始生活,宁静地守护着这方古老的黄土地,村子就在这里沉沉地安睡着。

水 窖

你任意进到一户人家,都可以见到院子当中有一个水窖。"窖"者,藏也。难道水还需要来藏?这其中的故事还须从当年的搬迁说起。

镇子靠秦岭脚下的几个村庄,前些年靠着山里的"金石头",一家家一户户都跑着步进入了小康生活。而我们村子却没有这个福气,南不靠山,北却靠着黄河。在村子后边不到一里路,下个高坡就是黄河边了。

村子里的祖祖辈辈靠着这黄河,物尽其用的念头还没有产生呢,便一夜之间就被狂怒的黄河水撵到这黄土塬上。当初搬迁的时候,考虑到避洪与避匪的因素,没想到,这一避,倒把吃的水给避没了。从此以后,我们的村子便成了远近闻名的"旱塬"。村子里的闺女急着找个人家嫁出去,而最难的就是那些小伙子了,不管条件怎么好,只要人家姑娘一听说是"旱塬"上的,什么话都不用说了,任媒婆把好话说尽也无济于事。

人们吃水,得赶着牛车,架子车上拉着一个汽油桶改装的大水桶,去塬下的治黄站上去拉水,一来回得六七里的路程。如果是平路的话,倒也没有多艰难。可是,这段路却是夹在两座高塬之间的沟壑,我们这里的人把这路叫作"套",行走于其中,感觉就像把人在套子里装着。去时下坡,回来上坡,最大的坡度有七八十度。一桶水,最多六七担水,好几百斤重,上坡的时候,前面是牛在拖着,中间是人拉着,后面还得人在推着。像这样拉一来回不算放水排队的时间,路上至少得两个小时。而要拉满家里那一大水缸,也得两到三回,十几口人的大家庭,两三天拉一次,拉水便成了每家每户生活中一项重要的事了。

春夏季节还马马虎虎要好点,遇到深冬下雪天气,那路途上的艰难就不用说了。除非遇到紧急情况,人们一般是不敢在恶劣的天气里进那"套"的,要不,就是绕十几里的平路去拉。到了夏天,缺水的塬更是干裂着嗓子,到处铺着那白花花的浮土,在太阳的曝晒下,滚烫得如火炉的膛壁,连最爱撒野的小子,这时也收敛了几分顽皮。走在那路上,一脚下去,"扑嗒"一声,溅起一阵白烟,整只脚好似伸进滚热的水里,赶紧抬起这只脚,谁知那只脚又遇到同样的遭遇。那厚厚的滚热的浮土就如冬天里的积雪,只是颜色、感觉、声音大不相同了。

拉水是如此的艰难,用水当然更要"吝啬"了。记得小时夏天的傍晚,爷爷最烦的就是洗涮用水。平时洗衣服都是母亲带上一大筐衣服,去十几里远的大河里去洗。夏天,顽皮的我们总喜欢把身上疯得汗腥味熏天。而母亲总在每天睡前给我们姐妹几个用热水擦擦身子,使我们能安然入眠。住在偏房的母亲每次总要等到爷爷睡下,才去上房前檐下的水缸去盛水。舀水的时候更要轻手轻脚,只怕一不小心弄出声响。有时,水瓢不小心碰在缸上,爷爷听见了,便会故意大着嗓门嘟囔几句。这样用水简直就跟偷什么东西一样,刚开始母亲也生气,后来爷爷嘟囔多了,也就不管他了。

七八岁的时候,村子里才集资决定在村子后面打了一口机井。记得打井前,人们听说井打好之后,就能在自家装的水龙头上接水,再也不用拉水吃了。村子里的人听后甭提有多高兴了,记得开机那天,村子里还请了一个戏班唱了好几天的戏。每天人们在农忙之闲,都要到机井边上看看,盼着早点打好。有些迷信的人,都跑到老村子边上的城隍庙里去烧香拜佛,求神灵保佑机井顺利打好。

机井终于打好了,人们也终于看到那白花花的清水从水管里汩汩奔涌而出。但由于种种原因,家家户户从自来水管里吃水的愿望终未能实现。家里安好的管道龙头,仅用了几天就成了一种摆设。后来,人们嫌用水桶到村边拉水麻烦,就在自家院子里打了个水窖,每次用管子抽放满满一窖的水,便可以吃上一两个月了。

现在,村子的家家户户都有了水窖,赶着牛车拉水吃水的日子也成了历史,当年远近闻名的"旱塬"现在却成了拥有水窖最多的村子。水窖,也成为这片黄土地上的一种见证与缺水的句号了。

耕　收

村子里的人们用心去打理这片黄土地,以填饱一家老小的肚子,土地也以挣扎的姿态、微薄的收成来回报在这片黄土地上日夜劳作的人们。

俗话说,几分耕耘,几分收获。此话用在别处或许有几分道理,可用在这旱塬上,却打了几分的折扣。村子里的人们总是提着胆儿看着老天的"脸色"来吃饭。麦子种到地里,冬天里,下几场纷纷扬扬的大雪,开了年,如果能遇到几场珍贵如油的春雨,那"兆丰年"的希冀就肯定无疑了。可是,这旱塬地处三省交界处,天气也往往如墙头风,说不准,有时总不按人们的心愿来。比如说冬天下雪,河南下雪,可这里偏偏跟着陕西,连个雪花影也看不着。到了春里,陕西淅淅沥沥地下着雨,可这老天偏又跟着河南,板着灰灰的脸孔,仿佛还在思忖着什么。眼看着人们一年的收成与指望就要泡汤了,也铁青着脸不肯有一丝的动摇。秋里也一样,风调雨顺了,满地望去,红肥绿瘦,到处洋溢着丰收的喜讯。要是天气"捣蛋"一下,光补苗就得两三次,补上了苗还不敢松口气,看能不能收上果实。人们只有种上那些耐旱的作物,比如芝麻大豆之类的。但有时,天公不作美,残酷地把人们半年来的最后希冀一点点揉碎,然后抛向空中,随风飞逝。

虽说村子里有了机井,但能灌溉的毕竟是少数田地,况且浇灌一次地的水电费用加起来的话,让人直吐舌惊诧,因此很少有人让庄稼受如此的待遇。有人实在不忍心眼睁睁看着庄稼一点点地枯萎,就忍痛去浇灌一次,多掏点钱算了,只要看着地里的庄稼绿油油地抖擞着,心里也稳实了许多。

帮父亲去收玉米,稀疏的玉米地里,矮矮的玉米秆上,小气地只缀着一个玉米棒子。或许,在这片贫瘠的土地上,这样的收获已经耗尽了土地所有的养分与积蓄了。把玉米收到家里,听父亲说,这已经是很不错的了,别人家的玉米还收不回来呢。

未到地里前,我想象着秋季的田野上应该是一幅怎样硕果累累的景观,毕竟在城里不事农活的我已经好久没下过地了。可是,当我一出村口,只见田地边的蒿草,足有半人多高。放眼望去,在田间耕作的人稀稀疏疏,而且大多是上了年纪的人。走着,路边有闲置的田地,更多是荒芜的土地,即使有庄稼的地里,也是稀稀疏疏的。

邻地里有两个老人正在收割地里的芝麻,偌大的一大片地,竟然只有零星的几根芝麻孤零零地竖在那里。忙了好半天,还收割不到一架子车,听见两个老人边割边叹息道,"现在的庄稼,真不值得种,谁叫老天不长眼啊。""这几根芝麻还麻烦打电话让孩子回来帮忙?都不够他们因请假而耽误的工费!"

稀稀疏疏的芝麻地里,两个老人拿着镰刀,在收获着,叹息着,轻轻的叹息犹如田边那棵不知枯干了多久的桑树,直直的枝丫刺向天空,好似一个颠倒过来的惊叹号。

听父亲说,村子里现在种地的年轻人不多了,大多都出外打工找事干了。在外边不管干什么,也比守着这一片看着老天脸色过日子的生活强多了。况且,现在,土地给人们带来的希冀却愈发少得可怜。脚下的这片黄土地,这片曾经养育了无数人的贫瘠土地,就这样在人们那充满无限憧憬愈来愈迫切的目光中渐渐消沉,就这样在人们那悠长无尽的愈来愈沉重的叹息中渐渐沉沦了。

这一片黄土地!

门　楼

进了村子,便见一座高大崭新的门楼赫然映入眼帘。漆红的铁门,多彩的瓷片,闪着得意的光亮,远远望去,甚是气派。记得上次回家的时候,还没有这座门楼。母亲说,人家最近几年经济宽裕了。好多人都对这门楼啧啧称赞。

记得,小时候,总喜欢在门楼下,和伙伴玩抓石子的游戏。谁家的门楼宽敞,谁家的门楼边上的座台是用水泥砌成的,那小家伙们不用谁招呼,只要定个时间,一准就聚到一起了。不管刮风下雨,不受任何影响。遇到清明的时候,这户人家肯定要在门楼下系上两条粗绳,下边绑上一块长条木板,便是秋千了。孩子们只要听说了,就会蜂拥而至,排着长长的队伍荡秋千,变腾着花样来玩。门楼下的笑声与欢乐此起彼伏。

眼前的门楼相对以前气派多了。在这片黄土地上,门楼就相当于一个人的脸面。门楼怎么样,就能在一定程度上暗示这户人家的经济与地位。自家住的房子怎么样倒是其次了,门楼那一定得气派点。于是,很多人家门楼的豪华与气派也就不足为怪了。在观念如此现代,经济如此发达的今天,文明的光亮并不尽能投射到意识的潜流!

气派亮堂的门楼承载的东西太多了, 它承载了黄土塬上多少代人的希冀与梦想!

走在村子里,发现村子里的主街道都铺上了水泥路面。生活好了,村子里奔驰的车辆也多了起来,先是三轮车,接着是手扶拖拉机,到现在的各种小轿车。车不断的升级,路也要对得起这些车。于是,村子里就有了水泥路,至少夏天的时候,尘土不再飞扬;雨天的时候,道路不再泥泞。

是啊,黄土地上的人们终于不安分了起来,黄土地上的人们终于敢迈出家门,走向外面的那个精彩世界了。祖先世世代代的"日出而作,日落而息"的亘古不变的训诫在他们子孙后代的手中被颠覆并重新改写了。

一座座崭新气派的门楼,如一张张无言的得意宣告,宣告着黄土地上的那种古老耕作生活方式的结束与超越, 宣告着黄土地上人们对未来深深的期盼与憧憬!

学　校

村子里很早以前就有座小学,正好就在我家的对面,中间隔着一条路。以前是条土路,现在是水泥路。学校不大,就两座房子,每座房子有三小间屋子那么大,相当于现在标准教室的一少半。小时候,我的小学就是在这里上完的。掰着指头算一下，至少也应该有二十五六个年头了吧。

时光总是这样匆匆，一切都在发展变化着。而这个小学校，多少年了依然存在，依然是两座房子，依然是以前的那两座房子。房子的主梁架还是以前的，只不过教室的四面的墙换为砖墙，且用石灰粉成白色的，墙上多了几张教学挂图。地面用水泥铺过，很平整，少了以前因是土地面，有些小家伙坐着不安分，把凳子故意在地面摇晃而留下的坑坑洼洼。学校的铃铛依然是以前挂在老师住室前的一个铁板上缀着一个铁棒，上课下课的时候，用铁棒敲击着铁板，便会传来悠扬的清脆。多年以后，学生变了，老师也换了，听说是镇子上专门派来的两个师范院校毕业的学生。

小时候，两个教室五个年级，标准的复式班教学。一个教室是三五年级，一个教室是一二四年级，前后黑板轮着用。很清楚地记得，我上二年级时，老师正在给四年级同学讲《草船借箭》这篇课文，我就偷着听着，当老师提问的时候，我也跟着四年级学生回答了起来。

以前上学时，老师让练习生字，为了省作业本和铅笔，就让我们在学校院子里平整的地面上，每人划出一块地方来。然后每人拿着从干电池芯中拔出来的煤棒芯在地面上写字，我们叫它"电煤"。我们蹲在地上，认真地写好。然后就守在旁边，等老师来批改检查，要是能得上优秀，那自己的这块作业就被当作"模范作业"来展览，其他同学谁也不能踩在上面，哪个学生要是享受到这种待遇，不知有多自豪和荣耀。

小时候，我上学的时候最为方便，只须出了家门就进学校大门。有时，没顾得上吃饭，课间的时候，奶奶便会拿着一块馍夹菜送到学校，不用受冻饿之苦。

而现在,昔日的学校早已不再。东边的一间教室早已成为别人的院子。另一间已"疲惫不堪"地摇摇欲坠,好似一阵风抑或一阵雨,就可使其"瘫痪"在地。别人院子高大敞亮的房间与此间"教室"的破败不堪并肩而"立"着,儿时的这座学校不知还能坚持多久?

村子里的小学生,上学自然便要到四五里外的中心小学上学了。有条件的,用摩托车接送,没条件的,只好让孩子步行了。中午就在学校的灶上吃,下午又走回来。仅仅是遇到风吹雨打,才是他们所受到的现代社会的唯一的"磨练教育",想想,与贫困山区的孩子相比,他们算是幸福的了。

时光荏苒,混浊的黄河水依然滚滚东流。旱塬的历史早已被一个个水窖所改写,生活水平的日益提高也被那座座高大气派的门楼所昭示。宽阔的水泥路也已把村子的视线一直拉扯到外面的精彩世界。现代文明的冲击曾给村子带来过一时的繁荣与欣喜,可是,当喜悦的泡沫还未来得及平静,外面的世界又吸引了太多年轻人的梦。留给黄河岸边小村的,只有那泡沫隐藏下的一摊沉寂了。就这样,村子被现代的浪潮推涌着,前进着,几多惊喜,几多迷失,几多惊奇,几多沉重。

站在秋日的黄土塬上,阳光抚摸着我的脸颊,我却隐隐地感觉到一丝寒意。眼前的黄土塬,在阳光下裸露着光秃秃的肌肤,只有那些稀疏的残枝枯叶在风中摇曳着,一种莫名的忧伤瞬间包围着我。我的这片黄土地,行走在你的身旁,那充满盎然生机的田野,那洋溢收获喜悦的希望,时时在我的梦中鲜活如初。

这一片令我魂牵梦萦的黄土地!

品读延安

在革命先辈面前,我不敢自称为行者。2012 年的秋,我再次踏上了行程,这不仅是为了观赏风景,更是一次精神之旅。

风是黄的,土是黄的,天是黄的,就连路边听到的话语都带着黄土的气息。

沟连着沟,坎接着坎,峁挨着峁,梁续着梁。放眼望去,黄土垒成的层层褶皱,若蜿蜒起伏的滚滚波涛奔涌而来,又汹涌而去。苍凉,雄浑,寥远。

车子在陕北的黄土高原上起伏颠簸着,我的思绪也沉静不下。那些沉淀在童年记忆中的模糊,在这行走中渐渐清晰鲜活起来:送鸡毛信的海娃,机智的王二小,黄澄澄的小米,甜丝丝的枣子,还有那高亢激昂的信天游,雄伟屹立的宝塔山……

　　到延安去,我知道,不是观光旅游,而是一种虔诚的朝圣。

　　延安这座小城,依山傍川,随遇而安地偎依在黄土高原的腹地。然而,在漫漫的历史长河中,这座不起眼的小城却以"边陲之郡"、"五路襟喉"的特殊战略地位,承载着过多的沉重和辉煌。这里,秦皇的帝王之辇曾辚辚驶过,汉武的金戈铁马依然嘶啾不已。鼓角铮鸣,猎猎战旗,刀光剑影,烽火狼烟。所有的这一切,谁又能忘记,多少名将才子在这里大展文韬武略,上演了一幕幕金戈铁马的悲壮与史剧:秦将蒙恬曾在这里筑城为池,北征匈奴,立下赫赫功勋;宋代范仲淹出镇延州,励精图治,抗击西夏,时人心归之,名重一时。范公慨然填词,发出了"塞下秋来风景异,衡阳雁去无留意"的感叹。唐代的杜甫为避安史之乱,途经延安时,也挥毫写下了"宝塔钟声三川闻,肤施(今延安)鸡鸣五城应。"北宋的科学家沈括,进行勘察后,第一次提出了"石油"的名称……

　　这一切,延安的这方热土是不会忘记的。

　　然而,历史终归成为历史,延安真正的辉煌则是从1937年开始的。1937年1月,中共中央进驻延安。自此,一个伟大的希望便开始孕育。不是十月怀胎,而是经历了十三年漫长而短暂的成长与期盼,随着一声高亢的鸡鸣,世界的东方,也随之红了。

　　当延安的群山被第一缕晨曦染红时,黎明也放大了一个个平凡而伟大的剪影。

窑　洞

　　说起窑洞,我就会自然而然地想起陕北,想起黄土高原。那广袤浩瀚的寥远,那丘壑纵横的苍凉,那繁星点点的洞穴,总是让人强烈震撼,又无比激动。

人总是能在大地上找到最适合居住的地方。走进延安，最醒目的莫过于这些依山就势而建的窑洞了。在崖根挖土成洞，凿洞成窑，住进去，冬暖夏凉，人在其中享受着泥土带给他们的温暖与凉爽。生命从此在这黄土中得以栖息，生存，繁衍，生生不息。史载，自轩辕黄帝始，这土崖上的窑洞就已开始承载着这样的使命。

半个世纪前，黄土高原上这一眼眼最古老、最简陋、最常见的土窑洞毅然承载起这黄土地上最神圣的使命。

走进简易的门楼，不规则的院落里，排列着几眼土窑。一门两窗，木格子的窗户糊上白纸或者镶上玻璃。窑洞内狭窄阴暗，里面的摆设更为简单，斑斑驳驳的小桌椅，黑乎乎的煤油灯，熏得发黄的书籍。简单到不能再简单，朴素到不能再朴素。木桌、木椅、土炕，这些当时最一般的农家都可以置备的物什，在这里，只有这些，也仅有这些。

这就是中共高层领导居住的地方。凤凰岭、王家坪、杨家岭、枣园，还有鲁艺旧址的山沟里，看到最多也最醒目的建筑，就是这土窑洞了。就是在这样的窑洞里，一住就是十三年。这些默立在山崖上的土窑洞，从此，相依相存。

凤凰山麓，在毛泽东的旧居。阳光温暖地照射着窑洞，那些花格子窗像一只只艺术的手指，裁剪着阳光。他拍一拍身上的黄土，走了。回忆在时光里渐渐清晰。我确信，在这里，他举手投足的伟岸还在，激扬文字时的雄健还在，在昏暗的油灯下，他翻阅史书的声音还隐约听见，石凳上，还有他坐过的余温……窑洞里的火盆会告诉你，为了写《论持久战》，陕北冬日的寒夜里，他废寝忘食，挥毫疾书，烤着了鞋袜也没察觉。木桌上的小油灯也会告诉你，多少个日日夜夜，他饱蘸笔墨，一篇篇激扬的文字,无不闪烁着深邃思想的火花;一篇篇指导中国革命的雄文,在昏暗的灯光下流光溢彩化为真理。这灯光,在土窑里点燃,穿透了黎明前的沉沉暗夜,使中国革命从此高擎着一盏永不熄灭的灯。这灯光,就如星星之火,燎原势在必然了。

所有的一切都显得那么朴实无华。枣园内没有秀美的风光,没有奢华的陈设,然而,步入枣园,却给我带来有生以来最强烈的震撼。一间间故居依然是那么狭小、简陋。窑洞里毛泽东办公桌上的煤油灯,周恩来睡过的绑着铁丝的木床,朱德纺线用的纺车……睹物思人,我仿佛看到毛泽东在秉烛夜读,激扬文字,指点江山;朱德一边摇着纺车,一边思虑着解放的大计;周恩来为国操劳,疲倦之余,闭目养神……

窑洞是朴实的,朴实得就如同一捧黄土。它不起眼,就如同黄土高原随处可见的黄土峁,与黄土地浑然一体,背靠高山,脚踏大地,岿然不动地屹立着。

延安的窑洞曾是一个谜,探秘者纷至沓来。黄土地上的窑洞创造了一个奇迹,令人惊讶感叹,全世界关注的目光一齐都投向了这土里土气的窑洞。

窑洞是封闭的,在荒凉的黄土高原上它顽强地抵御着风霜雨雪,释放着来自于大地的暖气;窑洞更是开放的,它敦厚博大的胸怀,接纳着天下的仁人志士。它是延安这块历史沉淀的沃土凝成的精华。嚼得草根,百事可做。延安窑洞,就如一部生动的教材,凝练着丰富的内涵。

我轻抚窑洞上灰色的砖瓦,历史的气息扑面而来,像美酒一样经过时间的发酵而愈加醇厚。我深悟到,这直击人心的力量,是传统与现代的结合,是历史的继承与创新,更是延安这片土地上,人们对幸福美好生活的共同追求。

宝塔山

"几回回梦里我回延安,双手搂定宝塔山!"当我踏上延安的土地,以虔诚之心第一次仰望着宝塔山。

记得,朗朗读书声中,它是我课本上那幅发光的插图。中国革命的历史上,那一页艰难而动人的风景,宝塔山就是其中深深烙上的印记。

登塔远眺,峰峦叠嶂,山川万里,延安风光尽览无遗。有人说,"只有登上了宝塔山,才算真正到了延安。"确实,宝塔山的厚重脊背无疑浓缩与见证着延安的沧桑历史。

大诗人杜甫在安史之乱后,两次延安之行,目睹了人们妻离子散,流离失所的悲惨苦难,他思想深受触动。从此,他结束了自己十多年长安的"朝扣富儿门,暮随肥马尘"的清客式的生活,写出了许多忧国忧民的好诗篇。延安之行,对杜甫来说,是一场浩劫,又是一场恩赐。我想,杜甫定会在这塔前虔诚地如信徒般为天下苍生祈祷的。

半个世纪前,红军进驻延安,中国革命选择了延安,历史也因此而重新改写。延安成了全国仁人志士的向往之地。连美国的斯诺都曾惊叹在中国贫瘠的西北聚集了无数中华民族的精英。宝塔山,延河水,从此成为一种美好进步的象征。

在延安,物质生活是一种奢侈,仅精神满足就足以支撑全部的生活与信念。宝塔山下,延河水边,每一寸土地都不会忘记那艰苦岁月中的动人风景。看着如练的延河水奔腾向前,那些如火如荼的延安岁月恍然在眼前不停地切换着:枣园窑洞里熠熠闪烁的如豆灯光,杨家岭山坡上军民纺线吱吜吜飞转的纺车,南泥湾大生产的劳动号子,延河边洗衣唱歌的女战士……

当年,爱国华侨陈嘉庚率团访问了重庆和延安后,说出了自己的肺腑之言:"中国的希望在延安!"主席穿的是带补丁的衣服,招待他的晚餐就是黄土地里种的白菜,唯一的鸡汤还是老百姓知道主席来了贵客而特意送的。宝塔依然高高矗立着,它安详地俯视着天下苦难的芸芸众生。

宝塔山下的生活充满着希望,充满着激情。这里,不管是谁,穿的是粗布衣服,吃的是小米饭,人人动手,挖窑洞,建校舍,以石壁当黑板,以膝盖当课桌,桦树皮当纸,子弹壳当笔。主席与群众一起看戏,总司令与战士一起下棋打球……延安,洋溢着一种自由、生动、平等、欢乐的气氛。你看,毛泽东朱德带头开荒种菜;刘少奇身患重病,却拒绝增加细粮照顾;周恩来参加军民纺线比赛……这里,共有一个希望,这里,共有一份事业,这里,共有一腔的热血在澎湃!

偎依在宝塔山下的延河水,从今天宽敞的河道上,我们依然可以遥想延河当年的波澜和壮阔。潇潇洒洒的延河从起源到流入黄河,全长也不过是280公里,与其他长江大河相比,实在是相形见绌了。然而,就是这短短的280公里,却见证了中国革命成长所历经的艰苦卓绝的苦难。"延河"之名,本是当地人希望自己赖以生存的母亲河永远绵延流淌而起的名字。这条不起眼的延河,也曾经遭受战火的破坏,人为滥伐的蹂躏,但不管怎样,延河都能以宽大的胸怀接纳着,滋养着来到这里的一方人。它与宝塔相依相偎在这片黄土地上,如汩汩流动的血脉融入中华民族的母亲河,澎湃不已,奔腾不息。

对于陕北黄土高原,我向往已久,向往想象中的那份寥远、苍凉、大气或者凝重。踏着这片黄土地,感受着这份沉静博大和神秘古朴。这里的山不高,水不深,草不茂,羊不肥。这里只盛产着呼啦啦的西北风,粗犷豪放的腰鼓,还有漫山遍野的山丹丹……可就是在这片最不适合人类居住的地方,却奇迹般地创造了一个伟大的神话。

从延安宝塔山下走来的毛泽东和他的战友们,怀揣着理想,走进了北京城。于是大胸怀和小山沟,小山沟和大政权,小米饭和大人格……在这里被诠释得淋漓尽致。仰望宝塔,掬一捧延河水,把风尘洗去,把记忆留下,把沉甸甸的收获珍藏心间。

仰望宝塔,当年的金戈铁马,如雷的呐喊,骤然在身边响起,穿过枪林弹雨的硝烟,巍巍宝塔,依然高高屹立着。

南泥湾

这是一个最接近生活的姿势。

当我离开课本,蹲下身子,盘着腿,在一架粗糙的木质纺车前坐下来。当我一手提起棉线,一手转动着光阴,把沉默的箴言缠绕在这架纺车上。我,就是离窑洞和黄土最近的人。

在一间间旧居里,纺车是最为常见的工具了。这些属于半个多世纪之前陕北农村的古老用具,在人们的眼中已日益陌生了,但它们讲述的那些不曾被遗忘的故事却依然是那样的动人。

在延安,纺车不仅仅是工具,它更是一种战斗的武器。抗日最艰苦的时候,面对着艰苦的现实,要么困死,要么自救,"自己动手,丰衣足食"。于是,延边地区,人人动手,一起开荒种地,纺棉织布,生产自救。你想想,偌大的杨家岭的山坡上,幕天席地,群山环抱,一排排整齐的纺车,刹那间百车齐转,嗡嗡作响,那气势,那情景,不是战场胜似战场,大家赛的就是一种劳动的快乐,赛的就是一种自强的精神。

唱着"开荒好似上火线,要使陕北出江南"的嘹亮歌声,359旅的官兵开进了茫茫荒无人烟的南泥湾。南泥湾是一条狭窄溪谷,常有野兽出没其中,杳无人烟。迎接战士们的,不是美酒鲜花,而是一个个难以想象的困难和考验。工具技术落后,就靠着一把镢头一支枪;没有房子住,就搭草棚挖窑洞;粮食填不饱肚子,就用野菜充饥;劳动工具少,就拾废铁自己造;学习没有纸张,就用沙盘和树皮……"南泥湾好风光,红红的太阳照山冈;革命战士不怕苦,扛起镢头上山岭;开荒生产反封锁……"嘹亮的歌声响彻在南泥湾的上空。激情的歌声唤醒了沉睡的土地,辛勤的汗水终于浇出了片片良田。短短三年时间,荆棘遍野、荒无人烟的南泥湾就变成"到处是庄稼,遍地是牛羊"的陕北好江南。这是何等的气魄!

从此,丰衣足食了,度过了非常时期,红色延安才走过了寒冬。"花篮的花儿香,听我来唱一唱,唱(呀)一唱;来到了南泥湾,南泥湾好地方,好(呀)地方……"这是由贺敬之作词马可作曲的《南泥湾》,在大江南北传唱,传唱着一个美丽的神话传说。

如今,听着《南泥湾》这首旋律欢快的老歌,仿佛穿越六十多年的沧桑,又回到了过去,回到了那个拿起锄头、喊着号子、垦荒种地的红色岁月。

走在延安街头,星罗棋布的革命遗址随时让思绪回到那个奋斗的年代。在如今物质繁华的时代,面对着延安窑洞中简陋的陈设,我不得不重新审视自己的生活与精神。

当我从秦直道上经过,两千年前秦皇的身影早已远去。当我怀着真诚,面对陕北山乡每一位纯朴的父老乡亲时,当我看着安塞腰鼓,以磅礴的气势凸现在眼前时，我想起一位艺术家说的话，他说，我们这个民族的生存之谜、发展之谜，也许就隐藏在这陕北高原的层层皱褶中。

甘棠清风

循着一缕悠远而遒劲的清风,我心头怀着淡淡的疑惑,在一个初冬的午后,前去拜访三门峡甘棠苑。

午后的阳光煦暖而灿烂。甘棠苑里静悄悄的,粉墙黛瓦,雕梁画栋,小桥楼榭,奇石林立。一切都在静默着,仿佛它们早已习惯了一直这样静默着。

甘棠苑,因了一个人,一个心系天下苍生的人,才有了一棵树,一棵屹立于千年历史时空苍劲傲然的树。

这个人,就是站在遥远历史驿站的召公。他清正廉明,爱民如子。"不朽的名节,独藏于德,美德可以将你的名字,流传到辽远的后世!"而召公,正是如此。

这棵树,就是如今屹立于陕州沃土的甘棠树。它枝繁叶茂,果实累累。千年历史的风吹雨蚀,它依然坚守着信念,扎根于这片黄河岸边的热土,在殷殷守望着。

我独自徜徉在园中,细细搜寻着,品味着,试图不放过一个小小的细节。

一

刚进园门,就有一股风扑面而来。我心一惊,何来之风?

风来无形,虽不知风从何来,但它却沐我一身清爽,如史走留痕一样,召公,他依然活在这甘棠树下。冥冥之中,这阵风似曾相识却又久违生疏,细心倾听,树叶窸窸窣窣的声音悄然入耳,我顿然欣喜,默然静听着。

我直接穿过钟鼓楼,迎面而见的是一青瓦红墙组成的院落,门额上是爱新觉罗·溥佐所书写的三个镏金大字"甘棠苑",在阳光下闪闪发光。

我不觉放慢了脚步,我怕一不小心惊扰了一个安详而高贵的灵魂。

历史的风尘从眼前徐徐吹过,瞬间,眼前顿然定格在这样的画面:

炎炎烈日之下,庄稼焦枯,土地龟裂,干旱成灾,民不聊生。一位皓发须眉的老者,正在田边的甘棠树下,与百姓商量抗旱的良策。他刚与百姓一起攀山越岭寻找水源回来,疲惫的他忍受着酷日的炙烤,为了不打扰百姓,他就在这甘棠树下,搭一草棚。当地方官吏要乡民腾出房屋让他歇息时,他马上制止说:"不劳(我)一身,而劳百姓,不是仁政。"之后,召公就在山野的甘棠树下休息,摘吃甘棠果子解渴充饥,并高兴地说："这甘棠树真好，浓荫郁葱，果实酸甜适口，百姓劳作累了，正可休息解渴。要好好保护这树，不要乱砍滥伐把它当作柴薪！"

百姓看在眼里，喜在心里，种田的养蚕的都加倍努力，人们户户收成大好，家家丰衣足食。百姓安居乐业，民风淳朴悠远。于是，人们就把此编成歌谣，广为传咏，后收入《诗经·召南》。其诗为：

蔽芾甘棠，勿翦勿伐，召伯所茇。
蔽芾甘棠，勿翦勿败，召伯所憩。
蔽芾甘棠，勿翦勿拜，召伯所说。

翻译成现代意思就是说：

棠荫茂盛树荫长，千万别砍伤，召公曾用它做房。
棠荫茂盛树荫长，千万别砍劈，召公曾在此休息。
棠荫茂盛树荫长，千万别动手，召公曾在此逗留。

短短的诗句中没有华丽的词语，只有朴素的情感，小小的甘棠，从此就承载着更多的期盼与祝愿，高高屹立于历史时空。恍惚间，我仿佛听到了先民带着古韵的吟唱，看到他们载歌载舞的欢乐情景。召公捋着胡须，露出了欣慰的笑容。那笑声是那样的爽朗，它充溢着一种无以言语的幸福与满足，渐渐隐没于天地之间。

一进甘棠苑门，就看见一块巨大的湖石。这块巨大的窍石是经湖水长期冲刷而自然形成的，巍巍如山，中有白孔，风过如埙。太阳一照，影影绰绰,仔细望去,其形状似一头巨象在低头沉思,又如一条卧龙在安详休憩,似象非象,似龙非龙。细看湖石背面的几个篆字"大象无形",我沉思片刻,不得其解,其中的玄机得慢慢去体会了。有人为此石题诗曰:"巨石无形似有形,凝视玄机油然生。紫气缭绕围大象,祥云飞腾驾巨龙。胸无名利万事空,心有灵犀一点通。浮想联翩意境远,人有悟性事竟成。"可以说是对它的解释了。

关于召公的记载除了《诗经》,在其他的典籍中是很少见到了。召公胸怀天下的大德,是无需文字承载的,这样的大德无言也无形,它早已深深植根于千万民心之中,虽经几千年历史风尘的沧桑,如今依然焕发着动人的活力,就如那棵甘棠树,以四季风颂,仍郁郁葱葱。

此时,我这才恍然明白湖石中所蕴含的些许玄机了。

二

朝前走着,我不觉来到了"甘棠遗爱"。两棵并不茂盛的甘棠树下,有一块召公与百姓交谈所坐的巨石。我不知道,召公曾多少次在这里为民忧心积虑,与百姓促膝相谈。我只知道,召公渴了,这里有甘甜的甘棠果子解渴;累了,这里有简陋的草棚歇息。一切虽已消逝,却又清晰如昨。这块巨石有一处凹陷的地方,据说就是召公所坐之处了。轻轻触摸着这块石头,我依然能感觉到它的余温,暖暖的,直至心底。

在遗爱阁西南的长廊下,有座大型浮雕,高有两米,长约二十几米。整个浮雕是由武王伐纣、分陕而治、崤山抗旱、棠树论政等十二个片段组成。慢慢品味着,我仿佛目睹着召公不辞辛苦的身影,奔波于这山山岭岭村村寨寨之间……

孔子曰:"为政以德,譬如北斗,居其所而众星共之。"是的,召公是令无数仁人志士高山仰止的。当年老子著经函谷关,遥想召公盛德,慨然而言:"其政闷闷,其民淳淳;其政察察,其民缺缺。是以圣人方而不割,廉而不刿,直而不肆,光而不耀。"

召公治理陕州期间,在农忙之时,他就把监狱中的犯人放回去劳作,犯人农忙之后,也都自觉回到监狱继续服刑。甚至有"画地为牢"者,在地上画个圈,让犯人站在圈内,站不够时间的犯人从没有人逃跑离开过。统治者信任百姓,百姓也严格遵守法令。周朝已达到"路不拾遗,夜不闭户,国家定罪,犯人自归于监"这样一个安然和谐的社会,延续了八百多年的旺盛生命。

思绪回到现实,那首古老的歌谣响彻耳畔,回荡在心头。我有些不甘心,循着这甘棠树密集的年轮,一圈一圈地搜寻着。

…………

北宋时的陈希亮,一生为官,疾恶如仇,不计个人的祸福进退,为平民百姓称颂,使王公贵族害怕。后因辛劳过度而逝世。苏轼十分敬佩陈希亮的为人,破例写下了《陈公弼传》。

清康熙朝的汤斌,官至礼部尚书,他为官一生,把所有精力都用在了河务和漕运的治理上,并为百姓减轻负担、赈灾救难、兴利除害,始终躬身实践以民为本,为官清廉,至死仅遗俸银八两。

…………

我欣喜着,钦佩着;感动着,欣慰着。甘棠树密密匝匝的圈圈年轮早已记载了一切。我相信,召公回眸之时,一定会露出欣慰的笑容。

解读着这些人物的历史密码,我的心底却莫名地滋生出一些遗憾,抑制不住产生一种强烈的渴望,心头取而代之的,是一种沉甸甸的思考。

作为封建官吏,对于皇帝来说,他们只是行使皇权的执行者,对于天下而言,他们又是百姓的父母官。既为父母官,就要为民办事,替民做主。他们为官的最大理想也不过是修身齐家治国的清官而已,忠君是他们为官根深蒂固的核心。从这点上来说,基于时代的局限,他们的政治眼光也只能注定是天生的"近视"了。

沉思着,我的心头顿时豁然开朗。

三

转过身,我走向了清风亭。清风亭取自明代诗人李元伯"在昔召公去,人皆爱棠树。而今树已空,时复吹清风"的诗句。

清风亭两边廊柱上是于右任先生手书的"养天地正气,法古今完人"的楹联,亭内有一巨型石碑,上面镌刻着吴启民先生撰写的《甘棠苑记》。我仔细品读着,碑文记述了吴先生投巨资建此苑的初衷。"彰古贤以扬正气,遏人欲以复天理",吴先生如此的胆魄与胸襟,确实令人钦佩。品读着,我不觉出声吟诵,倍感情真意长,荡气回肠。

在如今喧嚣的尘世中,谁还会将目光投向这片渐被遗忘的土地?谁还会再次将历史追溯,把召公敬奉?

站在亭前,缕缕清风拂面而来,我辨得出,那一缕缕最为遒劲的,是他们,是曾令人们精神为之振奋与无限敬仰的一座座丰碑。

…………

他就是焦裕禄,身为县委书记,身患肝癌,他却忍着剧痛,同群众一起,与自然斗争,终于改变了兰考的面貌。他的心很大,大得可以装下全县的人民百姓;他的心又很小,小得连他自己都常常忽略。

…………

不必一一列举了,这是民族精神很硬很硬的那部分,又是很软很软的那部分……

渐渐地,一股隐隐的力量从我心底悄然而生。

四

向前走,是三道汉白玉砌成的石桥,建筑别致,小巧玲珑。三道桥名各异,中间的叫"静心桥",左为"清心桥",右为"净心桥"。言外之意,是过了这桥,须要静心清心净心。时时保持一颗平静之心,清除过多欲望,荡涤心中杂念。想想,在如今物质日益繁华的社会,人们怎么才能保持一颗平静的心?

叹息之余,转身看见一侧的甘雨泉两旁题写了"一缕清风三分月,半亭竹影两廊菊"的楹联。清风只需一缕,明月仅要三分,竹影恰好半亭,菊香左右两廊。我屏住了气息,心头渐渐沉静下来。如此静谧之景,如此闲情逸致,能真正体味此景此情的人又有谁呢?我想起苏轼的"何夜无月?何处无竹柏?但少闲人如吾两人者耳。"东坡居士能够感受到月夜的静谧之美,忘记了官场的营营。今人站在召公面前,处在如此幽静之中,身心更应得清风之沐浴。

一尊高大的汉白玉召公雕像巍然屹立在眼前。他静穆地站在那里,目光平和而智慧,仿佛在洞察着世间的鼠窃狗盗之辈。望之,却令人顿生敬仰之心。也许,只有心底无私的人才能无畏而平和地敬拜召公。召公博大的胸怀就如穿行于历史浩空中的一缕长风,让人警醒,催人自省。

最后,我登上了钟鼓楼,俯视脚下,那座巍峨而洁白的雕像,依然目视着前方,平和而肃穆。举目远眺,虽是初冬,但入眼尽是葱葱茏茏,房舍街道,一览无遗,就如那缕缕清风博大的胸怀,坦坦荡荡。

钟鼓楼上高台楼阁,青砖碧瓦,中间悬挂着书法家启功题写的"钟鼓楼"三字。有著名作家贾平凹书写的楹联"世长势短莫以势欺世,人多仁少须以仁择人"。

忽然,不知是谁击响了钟鼓,几声洪亮而浑重的钟声在空中激荡。不远处,如带的黄河之水正滔滔东逝,那激流之中的中流砥柱,屹然耸立着。

要离开甘棠苑了,我的心头更为沉静。

山路弯弯

转过一个弯,是山。再转过一个弯,还是山。

蜿蜒的山路似线般在谷底缠绕着。

车子行驶在我进山支教的途中。

左转,右转。眼前的方向也迷了。急转,慢转。头顶的风景也倦了。

心儿随着山路的迂回曲折,忽而紧张,忽而放松。

透过车窗,眺望远方,天空蓝汪汪的,通透的清澈。窗外的风景迅疾地切换着,我的目光却怎么也碰触不到那片蓝莹莹的边缘。

所有的风景都随着视觉的疲劳依稀隐去了,只有这几座桥渐渐清晰于我的视野,仿佛是它们载着我愈行愈远了。

半城烟柳半城沙

城烟桥。

一个很有诗意的名字。

就在我离开小城过了川口乡约三四里的山口边。那白白的石灰柱护栏,造型简单普通,找不出一处别致的地方来。桥下是一条荒芜的小路,两边是高低不平的山坡。那块用黑体字写着"城烟桥"三个字的牌子,醒目而孤独。

我站在城烟桥旁。

偶然相遇的刹那,不知怎的,淡淡的伤感袭上了心头。

不知是汉代的秋雨,还是唐代的冬雪。就在这城边。

两堤长柳,朦胧若烟。一河瘦水,潺潺如诉。

一个女子,一个清丽秀美的女子,愁容惨淡。

一个男子,一个伟岸英武的男子,失魂落魄。

男子即将奔赴沙场,女子在此折柳相送。

未语泪先流。依依又依依。

城边的烟柳随风轻拂,怎能道尽这千般的愁绪万般的不舍?

城烟桥沉默着。

飞沙狼烟,兵临城下。金戈铁马,替谁争天下?

只剩那残骑裂甲,直铺到天涯。

半城烟沙,随风而下的那一缕牵挂,只盼着早日能解甲归田,不知还能否捧着她沏的茶……

我的心头一片苍凉。太多相似的故事早已淡化为云烟。留下的传说仅铭化为"城烟桥"三个字了。它只有沉默着,见证着这曾经的传说了。

才想起来,此次是我初次离家进山。只是,没了生死别离的刻骨,唯有缕缕如烟的伤感。

何处采桑麻

峰回路转。渐近寺河。山气清新而透凉。

桑园桥——我遇到了它。

这是座普通得再不能普通的石头桥。对它再多一点的描写也只能算赘述了。

山路向南。我们一直朝南山行进。

恍惚间,只见南山脚下,几间茅舍,一圈竹篱,几株菊花。榆柳荫蔽于屋后,桃李竞艳于堂前,素淡辉映着绚烂。屋顶,一缕淡淡的炊烟袅袅而起。桑树的枝丫间,正扑腾着几只母鸡。院子里,简陋的石桌上,七八碟野菜,四五个鸭蛋,半许壶水酒。三两位老者,寥寥数语,闲话桑麻,几声朗笑。浅饮轻酌间,抬头尽望,苍翠的山峦映入眼帘,心头顿觉豁然。

遐想着,那白须的老者,每天清晨扛着锄头,去田地里除草。傍晚,踩着月光,走在林间狭长的小道上。草木上的露珠时不时沾湿了衣襟,老者也毫不察觉。溪水轻唱,山风轻拂。老者驻足倾听,捻须沉思,片刻之间,"羁鸟恋旧林,池鱼思故渊……暧暧远人村,依依墟里烟……"便从唇齿间抑扬吟出。就这样,这位睿智的老人飘然向我走来。

细看,桑园桥下的田垄边,一簇簇绽放的野菊花正开得灿烂,迎风摇曳。至于桑麻呢,早已被一些不知名的荒草乱蒿所侵占。这野菊可否是当年的野菊？即使是的话，采摘时，只恐怕难有当年的那份悠闲与惬意了。

轮回里的传唱

遇到一个岔路口，路口旁，有座稍大的桥，叫孟家河桥。桥东面，是一个豁然平坦的山沟。山沟里，是一个宁静的小村。

远望，山顶的边缘屹立着一排排不知名的树木，淡淡的，隐隐的，仿佛是山的眼睫毛在忽闪忽闪的。山上的红叶，一大片一大片满是的。那热烈的阵势，仿佛要把整个山都染得通红起来才罢休。

近望，山腰上，山脚下，山谷里，到处都弥漫着扑鼻的香气。苹果熟了。这里的园子是没有围墙或栅栏的。你看，那几处，甚是惹眼。整个树枝上没留下几片树叶，光溜溜的果子在枝丫上你推我搡，挤得个个涨红了脸庞，一枝挨着一枝，一树挨着一树，一园挨着一园。浓郁的果香和着清新的空气一起酝酿着。

细听，山涧传来清泉的欢唱，叮叮咚咚的，仿佛正演奏着一曲高山流水。远处，几缕袅袅的炊烟飘起。时不时传来几声犬吠，还有几声"哞——哞"的牛叫。那是只有十几户人家的村庄。路旁，一片绿油油的萝卜最耐不住性子，偷偷透出地面来看个究竟……

好一个"世外果园"！

过了这座桥，凉丝丝的空气透彻心扉。疲惫与烦躁也随之驱于体外，顿觉神清气爽。我只有暗自体会那"心凝形释，与万化冥合"的妙处了。孟婆当年该不会居于此吧？这桥也不会是当年孟婆所守的奈何桥吧？我寻思着这桥名的来历。我想，如果她还在的话，孟婆汤的配方恐怕早已重新调制了吧。现在,人们不是到处寻找着品尝农家饭,体验农家生活的去处吗?然而,这一切都只能暂时平静内心的浮躁与不安。在如今喧嚣的尘世里,浮躁的身心不正需要这一隅安静吗?

如若可能的话,我愿成为这山沟里的一棵树,一棵挺拔屹立着的树,守着这一份宁静。我更愿意成为山崖上一朵不知名的野花,自由自在地绽放与凋谢,在生命的轮回中不停歇地歌唱,直至涅槃。

山路弯弯。车子仍然疾驰在绵延的大山中,我的心沉静了下来。前面不管是遇到沟壑也好,深流也罢。我想,都会有那些有名的无名的桥在摆渡着我们。因为,每一座桥,都有自己的使命。它们摆渡着过去,现在,还有未来。

想到此,我不觉会心一笑。

小 镇

暑假了，要回镇子了。我兴奋不已。有好些年都没有回去看望镇子了，不知小镇安好与否？晚上，我的梦几乎全是关于镇子的记忆。

第二天一早，没有吃早点，我便出发了。一个多小时的曲折山路，终于到了小镇上。眼前，繁杂的喧闹，来往的车辆，纷扬的灰尘，小镇如一个垢面的珠光宝气的妇人站在我的眼前。

还是那老位置，还是那熟悉的店铺，还是那熟悉的乡音，一切都是这样的亲切。我要了碗小米稀饭和一沓指卷，和许多年前一样，蘸着蒜泥辣椒水。关于小镇的记忆，就在这瞬间一股脑儿地涌了出来。

想念小镇的风。记忆中，小镇的风总是带着乡村泥土的气息。

不知从何时起，这风就成了黄土地上小镇的常客。

起风了。土随风扬,尘沙漫天。黄土地使起了性子。天地瞬间被沙土晕染得黄蜡蜡的。

风就住在这黄土地的上空,泥土就钻在了这风的怀里,高兴了就刮,不高兴了也刮。尤其是冬天,呼啸而来的北风刮到脸上,如刀割一样生疼。黄土地的日子就这样被一天天地刮来又刮去,一个轮回接着一个轮回。

小镇的北面是滔滔的黄河,紧接着就是一道深深的沟壑。提起这道沟壑,有些来历了。据说这曾是春秋战国时的一条古道,东从新安石壕开始,西至潼关西安。在历史的尘烟中,这条古道曾担负着东西贯通的重任。不知有多少个夜晚,铁骑从这里疾驰而过,星月被哒哒的马蹄声踏碎散落。

而今,这条沟壑早已淡出了历史的烟云。而生于此养于此的风,却年年光顾,只是,不论什么风一刮进这沟壑,便在里面打起旋来,蹿出来的时候又不辨南北东西了。

我从小就是喝着黄土塬上的风长大的。倘若一阵子没了风,反而觉得心里少了点什么。记得冬天,我们孩子大都耐不住寂寞,吸溜着清清的鼻涕,在风中满村子里乱跑。时间久了,脸蛋子就被风吹得皴裂,涩涩巴巴的。

小镇上的人,也经年累月地在风里来往,粗糙着皮肤,黝黑着脸庞。倘若遇着一个皮肤白皙细腻的,倒觉得生疏了几分。风也真能吹,把小的吹大了,大的吹老了,老的吹没了。地里的庄稼也吹绿了,又吹黄了。一年又一年,一轮又一轮。多少年来,风与小镇相依相存,不离不弃。小镇一路走来,苍老的微笑里裹着几分沧桑。

或许,风是想让镇子里的人记住生养于此的土地。小镇的风总是弥漫着纯纯的泥土气息的。

"爷爷,我闻到泥土的气息了!"在我家自留地里那块不大的小菜园,我嚷着。爷爷听了,只是嘿嘿地笑着。田畦里,这一小块是五六行蒜苗,那边是一两畦黄瓜豆角,整整齐齐,郁郁葱葱。田畦旁边,是清澈的小溪,水里还畅游着许多蝌蚪般大小的鱼儿。我们只要提个小篮子,用小篮子堵住小溪,把水朝篮子里一擢,篮子迅速提起,篮底就会有许多小鱼儿在活蹦乱跳了。

傍晚时分,收工了,肩上扛着的锄头上,吱吱呀呀的架子车轱辘间,甚至脚上的鞋子里,都夹着或多或少的泥土。湿泥巴遮住了干泥巴,干泥巴又黏住了湿泥巴。回家了,习惯了把锄头在门槛的石阶上"哐哐"地敲两下,抽袋烟的工夫还不忘脱下鞋子,"啪啪"地在空中拍两下。

镇子就这样在泥土里过着日出而作, 日落而息的日子, 自足而安然。这泥土就是镇子的命,风也就成了镇子呼出的气息。

风吹过一阵又来一阵,前一阵呼呼吹得老宅门板梆梆响,赶来的一阵风速度更快,载动的声响是汽车的马达声。门板碰撞得再响,闻声而来依然是院宅里的故事。突突的马达声,虽没有呼啸而过,但把小镇压得晃来晃去。这晃动摇得多少人像喝醉了酒,头脑晕乎,满眼金光,满口涮金,处处金声玉振。

小秦岭的金矿在风中火了。人们也在这股风中顿时被吹化。你看,风一吹,一夜之间,街头巷尾,村中寨边,一车车矿石废渣就随风而来。大路小路,风都留下了长长深深的尾巴,这尾巴通向村寨,又延伸到了镇外。家家户户,俨然一个个淘金的小作坊。白天夜里,轰隆隆的风声搅乱了黄土地的美梦,炼金的浓烟也熏烤着风们的容颜。药渣沫子漫天飞扬,树上,空中,屋子,到处迷蒙一片。这阵势,吓煞了镇子里的猪羊猫狗们,只有那可恶的蚊蝇反倒借势作恶愈加猖獗了。

镇子忍不住"咔咔"地咳嗽了起来,但风是不会理会这些的,依旧遒劲地刮着。

镇上的人仍然乐此不疲地淘着金子。谁谁家迎上了风头,一脚就跨上了三层楼那么高。谁谁家顺借了风势,竟迎来了个小好多岁的如花似玉的新娘……只是此时,人们很少提到一些没有遗忘却又不愿提起的事,比如说,谁家倒霉卷进了龙卷风,孩子吹得眼睛差点看不见了,谁家不小心碰触了风神,媳妇生下的娃三四岁了还软瘫在床上……

村子里闲散的人少了,但田地里的蒿草却正在疯长着。

镇子焕发着一种前所未有的亢奋与热情。风,以前不管东西南北方向吹来,总会让人酣畅淋漓。而现在,风给人们带来一些惊喜之余,却让人多了些莫名的担忧。

就连学校也未能躲过这场风劫,处处都是关于风的话题讨论。课余饭后,校园如风席卷了一样,空荡荡的。是啊,风竟然不小心把金粉撒到了书本上,即使是用那朱红的墨水也评不出对错来了。

只有无语,我深深陷入一种莫名的悲哀之中。

傍晚,小镇的两旁,华灯初上,一派繁华才刚刚上演。而我却要离开小镇了。

多少个春秋,小镇上的人就在这四季的风里过活着日子。而今,风过了,镇子里的人只有守着存折上的那几个阿拉伯数字过活着日子。

那条古道,我不忍再去看了。它也早已被废渣填埋,被生硬地截断了筋脉。

小镇如一个沧桑的老人,紧蹙着双眉,遥望着远方,迷惘的眼神里还依然坚持着几分希冀。

　　一阵微风吹来，小镇就又"咔咔"地剧烈咳了起来。这声音，让我的心头不觉悚了起来。

向往与另一种向往

上山,下山。

下山,上山。

…………

每周如此循环,于山里与山外。

就这样,我按部就班地于两个空间之中来回穿梭着。

此岸。彼岸。

彼岸。此岸。

…………

向往来回地往复,闪念间便是一个轮回。

就这样,我不知疲倦地在寻找中满足又迷惑。

一天天的日子转瞬即逝。

我就如一个梭子。在时光中不停地忙碌穿梭。

梭帮早已被磨得溜光。时光就这样被不经意地编织成一段结实而柔软的棉布。

一

一个秋雨纷飞的午后，我踏上了进山支教的征途。

车子行驶着，沉在心底的那缕伤感，随着山路的迂回曲折也渐行渐淡，涌上心头的竟然是一种莫名的欢欣，模糊而强烈地在心底萌动。

湛蓝的天空下，巍巍青山向远处绵延，幽静的山谷里，潺潺的小溪在欢歌。清澈的小河里，几只螃蟹在石缝间慢慢蠕动……在河旁，是几间简陋的土坯瓦房，时不时传来朗朗的读书声。瓦房上空，一面国旗正被吹得呼啦啦地响……

我在脑海里勾勒着山村学校的轮廓。

车窗外，青葱的山色在我的眼前疾速后退，愈向山深处行驶，空气就愈加清凉。刚才在头脑中勾勒的轮廓，也在眼前渐渐具体了起来，我的心也愈来愈激动。终于，我来到了这个大山里简陋得称不上小镇的小镇！

我惊讶于小镇如此朴素的面容。说是小镇，其实不过就是山沟里一块巴掌大的平地，一条街道、两排稀疏的房屋而已。一条长不到三四百米的小街，街道两旁陈列着几家店铺，有的杂货铺门前乱七八糟地放置着一些农具，店主慵懒地坐在小椅上。有的店铺的墙壁早已斑驳不堪，还依稀可辨很久以前那残损的标语。新盖的几栋楼房，一家是中国移动通信办公处，还有一家是饭店，其余的都是超市，规模不大，但起的名字有什么华联、新合作超市，乍一听，以为是郑州的华联大厦呢，回头看看那一栋栋的新楼，崭新的瓷片仿佛还闪着几分得意。

雨还在下着，小镇就这样在雨雾中静默着。偶尔，街上闪过一两个行人。对于我这个陌生人的到来，小镇居然没有显出半点惊讶的神情，或许，它知道我要来的，像一个熟人一样，这样最好不过了。

我抬头仰望，小镇的四周一圈都是青山绵延。山头，朦胧的雨气如轻纱般飘逸，远望，眼前的群山仿佛被不经意晕染成一幅写意山水画。当街有一座小桥，桥下潺潺的小溪清澈见底，一如我想象的样子。过了小桥，朝左一拐，就到了学校。只是，眼前的学校并非我想象的样子，比我想象的要好得多。五六座两三层高的水泥楼房，局促而整齐地偎依在山脚下。校园里寂静而充满凉意，清静了一个暑假的校园，竟然显得有些荒凉。

接下来的一段日子，我被一种好奇的心理驱使着，这样一个清新的环境带给我的更多是精神的愉悦与惊喜。

山里的日子，要随意单纯得多。每天的一切都是按部就班地去做，到什么时间做什么，就如提前输入程序一样，单调而充实。

山里的孩子纯朴憨厚，好奇心强，那黑溜溜的一双双眼睛透着无尽的渴望，这个时候，我总会想起苏明娟那双单纯的大眼睛，一种莫名的感动总是不约而来。

山里的生活条件虽然有些不尽如人意，比如说，提水的时候得到操场一角的水龙头去提，然后提上三楼，用过的废水也得提下楼。比如说，方便时得到校园一角的厕所，白天无所谓，最怕的就是冬天夜里起夜了。刚去的一两个月，我觉得太不方便，提一次水得换好几回手，累得气喘吁吁。渐渐的，时间长了，我也就习惯了，权当提水是锻炼。其实，这些对于我来说，都不算什么，每天只要能大口大口地呼吸着新鲜的空气，就是生活最大的馈赠了。在这里，不管你朝哪个方向望去，都是满眼的绿，置身其中，就如在一个偌大的天然氧吧。

就这样，我这个暂居在大山的人，就安然地享受着这一切。日子也从容地一点点从身边溜走。我就如一个南山之人，有幸欣赏着青山大手笔地把四季的胜景在时光中淋漓挥洒。

让我感受最深的是山里的秋夜。夜里，格外的寂静。山谷里潺潺的溪流声会扑进你的窗棂，如约来造访。偶尔，会有一两声"呱呱——"的蛙声。清新的空气夹着丝丝凉意，就如薄荷的淡淡清凉，细品，唇齿间仿佛还残留着一抹甜甜的余味。夜，愈显得空灵纯粹，纯粹得让人什么都不想，甘愿沉醉在这一片天籁之中。以前无数次向往的情景，我如今就真的在其中了，无法言表的愉悦在心里时而欢欣时而沉静。

天气渐渐凉了，接着就是冬了。北方的冬天是少不了风的。北方的风是全天候的。晚饭后，外面的风依然在呼啸着。屋内，我手捧一杯热茶坐在炉旁，看水壶"滋滋"地冒着气。门外，那被拒绝的风，仿佛恼羞成怒，毫不客气地掀起门帘，拍打着门框窗棂"哐当哐当"地响。那股劲风疾速穿过山涧时的呼啸声，凄厉尖细，歇斯底里，让人毛骨悚然。我臆想着风那狰狞的面目，会不会就如聊斋里的一些情景，把我的门或窗一把给抓个大窟窿？我的担心自然是多余的。或许，只有在这空旷的山谷里，我才会领略到这风别样的味道。

冬里是少不了雪的。最喜欢的是下雪的午后，静谧而安详，完全是一种万径人踪灭的意境。最好是小雪初歇，你看，那山脚山坡山尖，积雪似融非融，树木清疏淡雅，婆娑动人，比厚雪覆盖下的大山更显得风韵雅致。远望，就如一幅写意的国画在眼前徐徐展开，别有一番韵味！

开过年，春天眨眼就来到了面前。我常常漫步在初春的清晨。春来人勤，只是山里的清晨依然是一片寂静。山涧，雾岚迷蒙，若纱若带，草木新绿，就如芙蓉出浴般光鲜动人。稀疏的房屋静默着，偶见几缕炊烟袅袅。不一会儿，早起的鸟儿叽叽喳喳，渐渐鸡犬相闻，三轮车"嘟嘟"的声音便响起。眼前，不是桃源，却胜似桃源。如此温馨的画面，如此亲切的感受，也许只有在儿时的记忆里才能找到了。

槐花飘香的时节，鸟儿清脆的鸣叫，不时轻击着山谷的宁静。山坡上大片大片的槐花肆意扑涌着延伸，试图占据每一处山坳。不知是雪花跌入了春的怀抱，还是山们抹多了脂粉，淡雅脱俗，清爽可爱。一个山头接着一个山头，紧紧凑凑，就这样含着羞牵住了夏的手。夏了，山里也就更热闹了。

…………

无疑，行走于这样的日子中，我是幸运的，也是幸福的。

只是时日久了，当习惯了眼前的一切之后，那种最初的愉悦与欣喜也渐渐变淡。也许习惯会让善感的触角变得日益麻木起来。在日子的间隙，寂寞常常会随时不经意地造访，有时也会徒增许多无聊。莫名的我，有时也会产生一种心安理得，这种心安理得中又隐隐潜藏着一种说不清的失落与恐惧。是的，生活如此闲适，照这样下去，我怕有一天自己会被一种无形的力量所淹没，担心这样的生活会溺坏了自己，从此沉浸其中不能自拔。毕竟我只是很普通的人。

突然间，我对外面世界多了一份向往与萌动，这种感觉也随着寂寞的悠长而愈加强烈，不可抑制。

二

回到城里,迎接我的是一种久违的热闹与繁华。

回城了,出去吃饭。步行街上,我闻着饭馆里飘出的诱人香气,恨不得一顿把这些尝个遍。什么香辣鸡煲、蘸水面、秦镇米皮……我如数家珍似的点菜,半天到最后我还是确定不了到底要吃什么,孩子见此哈哈大笑起来,说我跟馋猫似的。其实,在山上,没有伙房,我就一直自己做饭,刚开始还不错,顿顿按时做饭,还变着花样犒劳自己。只是时间长了,就渐渐变得懒了,一个人,将就着就是一顿饭。若是自己不动手做,那只有饿肚子了。外面的小饭馆,吃上一顿就可以节省好几顿的,卫生条件太差了。在山上,我几乎一直都是素食。回到城里,当然想先放开胃口饱餐一顿了。

我像一个美食品尝家,一一尝鲜之后,才肯罢休。就算我放开胃口去吃,最多两样就足够了。只是,看到山上的一些野菜也上了餐桌,我也会不屑一顾地说道,这野菜山里到处都是,没想到在饭店里还要十几元钱,真是的。说着,我还是要揍几筷子野菜,仔细嚼嚼,仿佛真要品尝是不是山里野菜的味道呢。其实,在山里空闲时间,我们几个人就会去山里挖点野菜,尝尝鲜,虽然自己的手艺差,调料又不丰富,但总感觉比饭店的味道好吃多了。

过完了嘴瘾,接着就是眼瘾了。我最不爱的就是逛街了,但从山里回来,总想到街上走走,即使啥都不买。孩子问我上街干啥,我就说看车,看人。说完,自己就哈哈大笑起来。在熙攘的人流中拥着向前走,在琳琅满目的商店里,欲望被一个个快乐地点燃,又一个个的被瘪瘪的钱包悄悄熄灭。看着街道上一辆辆崭新的私家车,我就不禁感叹,什么时候自己也能拥有一辆。我会突然跟孩子说,今天咱也买车! 在孩子惊讶的神情中,我会说,这就走,咱一人一辆,手指着一辆宝马,说就买那辆车。一元一个,玩具店多着呢。孩子明白了,哈哈笑着说,走就走。是的,在城里,诱惑太多,欲望也就多。但外面的世界再精彩,也是属于别人的,寻常人家的日子也不过就是一日三餐而已。

城市的夜晚是白天的延续。晚上更热闹了。本来环境比较幽静的北区公园,一到晚上,便霎时灯火辉煌起来,霓虹闪烁,灯红酒绿,人群熙熙攘攘,嘈嘈杂杂。有出来乘凉的,有快走锻炼的。尤其是夜市上,各种的饭香,各种烧烤的滋味,混杂在一起,刺激着鼻黏膜。尤其是那些露天卡拉 OK,聒噪刺耳,晚上不知要到几点才真正 OK 了。我家离得也不算近,但有时到了半夜,会突然被一阵尖叫惊醒,仔细一听,什么死了都要爱,没办法,还是叫人家爱吧。这个时候,我会关住窗户,捂住耳朵,强制自己入眠。这时,床上的竹皮凉席已经温热,辗转着,突然特别想念山里的夜,微凉的山气,会让深夜更加沉静。无须凉席风扇,大山就是一个天然空调。夜静了,只有那些溪水的声音,还有一些夜虫啾啾的歌唱,这些,都会不约而来。而今夜,在这燥热的城市之夜,这些或许只有在梦里了吧。

又是一天了。奔走在每一个日子中间,奔波在城市的每一个角落,每个人或许都在演绎着自己真实而又虚幻的人生。宽阔的马路与熙攘的车流,在积木般堆起的高楼大厦的缝隙间来回穿梭,十几分钟眼球所容纳的比起山里一周的都要多。行走在高大的楼房间,一种压迫的感觉顿时而来。这种压迫与深夜巍峨的大山给人的压迫完全不同。在自然造化的大山前,让我感到的是一种渺小,自身个体的渺小与宇宙的浩大,是一种对自然的敬畏。而此刻，几十层的积木般的高楼，仿佛从高空倾轧而来，顿时让人感到一种窒息，一种失落，失落中隐隐透出一丝担忧。

与几个朋友闲聊，从他们满是厌倦的神情和不满的牢骚中，我感到了一种压力。城里的工作，节奏快，容量大，一天小跑步地向前，累得气喘吁吁，也只有自己或亲人心疼了。人类越发展，条条框框就越多，人的言行举止就越要谨慎，时间的划分也就越具体，甚至具体到每一分钟。在这样的环境中，每天绷紧弦，发挥到最大限度。说不了哪一天"崩——"的一声给断了。我想起山里的简单随意的生活，心底只能有无限的向往罢了。

向往只能归向往，生活又要恢复了以前的样子，我踩着以前的鼓点，在城里的太阳下过着日子，又在城里的月光下梦着日子。水泥浇筑的鸽子笼见证我在这个小城的俗世生活，我的生命就这样在单调的水泥色彩中一点点被蚕食，又在被蚕食的点点疼痛中憧憬着明天的日子。只有那一年的山里时光，让我拥有了一种向往，一种永不褪色的向往。

回来还不到几天，我烦躁的心绪无处也无法排遣。我便怀念山里的那段清净简单的生活了。只是回城了，不可能再像以前每周日下午背着行李进山去做那山里人了。

远望，那条隐没在青山之间的弯弯山路，依然牵引着另一个向往朝大山深处渐行渐远了。

三

有人说，婚姻如围城。其实，生活何尝不也是一个围城？

生活中处处充满着这样那样的缺憾。物质的需求与精神的满足有时就如鱼和熊掌。生存的基本要求需要我们在物质中追求。而灵魂的觉醒却唤醒我们在另一个精神的空间里寻找。或许，正因为有了这样那样的缺憾，人生才会充满这样那样的憧憬吧。

山里，城里。

向往与另一个向往。

我来回地穿梭其中。

生活的琐碎犹如风雨一般，它一点一点侵蚀，让生命一块一块地剥落，直至时光斑驳不堪。我仿佛顿悟了生命的至要意义。

于是，我的心头不再有遗憾，也不再向往远方。

脚下，我行走在世俗之中，卑微地活着，为了活着。

心头，我徜徉在精神之隅，高傲地活着，为了活着。

向往在另一个向往中延伸，另一个向往又在向往中涅槃。

被时光编织的这段结实而柔软的棉布，也将温暖着我一直走下去。

我转身回眸。

只见，青山依旧，我依然能感觉到寒冷，但这一切却无法阻挡内心对温暖的向往！

我知道，时空的两岸，终究无法以一梭行之。

远 行

"汪汪"的几声犬吠骤然打破了夜的宁静。凌晨三点,屋后村子里不知谁家的狗仿佛被梦魇惊醒,在深夜中无端地叫了起来。

我从无梦的熟睡中惊醒,睡意全消。于是,我披衣而起,夜还在熟睡着,端详着夜的酣态,心生几许羡慕与嫉妒。

窗外起伏的山梁挡住了我的视线,山里的夜寂静得连呼吸的气息都清晰入耳。沉寂如一张无形的网迎面撒来,让人不敢轻易地制造出任何的一点点声响来。

狗不知什么时候停止了吼叫,夜又恢复了沉寂。而我,却再也宁静不得。那些白天深藏在躯体深处不为人知的念想,这个时候也悄然躁动起来。于是,我决定在这静谧的夜色之中出走,扔下那被时光和世俗涂抹得似乎有点陌生的躯壳。一个人，就一个人上路。我喜欢独处。

带上简单的行囊，开始出发。

一路远行。没有目的，也没有方向。

黑夜，白昼，如幻影一般从身边闪过。自己就如踏在那一排无穷尽的黑白键上，尽情跳跃。

路上行人熙攘拥挤。走在街头，我留意着路边的站牌，试图从中找出那么一两个熟悉的站名来，可最终，我还是一无所获。我身不由己地随着人流的涌动向前走着，最终上了一辆不知要去何处的班车。车上人头攒动拥挤不堪，间或有人上上下下。我询问车的终点站，结果车上的人都用一种陌生的眼神奇怪地打量着我，竟然都摇头不语。我在心里只有暗自发笑起来。终于，我挤到了一个靠窗的位置，窗外的风景一会儿迅疾切换，一会儿又慢悠悠地晃过。车内，埋怨声此起彼伏。车子由于超重喘着粗气向前缓慢地移动着。

窗外的风景仿佛就如一部没有开始也没有结尾的电影。忽然，疾驰的风景定格在一个似曾相识的画面：一个依在山坡的小村庄，青灰的瓦，青灰的砖，矮矮的屋顶，周围是一圈或半圈用黄泥和着麦秸秆堆垒起来的围墙。似曾相识！这村子不会是载着童年欢乐笑语的我的小山村吧？我恍然若梦。就在很久以前的日子里，我离开了它。我把自己儿时所有的欢乐与美好记忆都毫不犹豫地寄存在这村子，义无反顾地踏上村子里那条通向外面的柏油路，头也不回地离开了。

村子无语，我亦无语。就这样，和我一样，村子里的年轻人也选择远行，一年一批，一年几批地拥向外面的世界。留守的，只剩下孱弱的老人与孤单的孩子。无尽的寂寞弥散在一双双混浊的眼睛里，焦灼的期盼写满一张张纯真无邪的小脸上。村子里的笑声愈来愈少了，村子不知从何时已开始渐渐地衰老了。

　　想起村子，我就会心疼。故乡的村子在回忆里仍然温馨如昨。一路的奔波与疲惫，使我对外界一切新鲜的事物渐渐失去了太多的兴趣与热情。我告诉自己，若干年后，我还会回去的，回去把那些寄存的欢乐与美好拿出来好好晾晒晾晒，以此安放我那疲惫的灵魂，以至于不再孤单。

　　思绪又拉回了车厢。上来了一对年轻的夫妇。他俩刚站稳了脚，电话就响了，是家里孩子打来的。接电话的女子亲切地给孩子说，爸爸妈妈挣下钱回家了，也给你买汉堡包和肯德基啊。我在心里默默地祝福他们，回家的时候定能满载幸福回家。而我呢，背上的行囊又能装些什么呢？

　　车子已经少了些颠簸，不知什么时候已经行驶在宽阔的柏油路上。记得当我第一次踏上这宽阔的柏油路时，我是兴奋地奔跑了起来的。第一个都市的夜晚，我失眠了。霓虹闪烁，歌舞喧哗，人来车往，热闹非凡，我目不暇接，梦了多久的情景就真在眼前了。只是，在城里待久了，打拼久了，繁华的都市掩饰的只能是更多人的无奈与痛楚，紧张的节奏透支的永远是对生活要义的剽窃。孤独寂寞的时候，才突然发现城市的天空少了星星，没了月亮。城市里如昼的灯光霸道地占有着一切。深夜如昼。这个时候，总会怀念故乡小村旁的那个大大的池塘，每到月圆之夜，我和一群伙伴都会在那里看水里的月亮和天上的月亮，叽叽喳喳地争论不休。城里的日子过得恍惚迷离，就如机器的马达不知疲倦地旋转，日子在不停地急速变幻中愈拉愈长，当初对未来的那点憧憬就愈加缥缈虚幻了。突然间，我有点怯生了，还有点恐惧。

　　我奔走着，久了，肩上的行囊也愈来愈沉了。它里面装的也不仅是当初只满足于肚子需求的几个馒头一瓶水了。渐渐地，想法多了，内容也就复杂了。再后来，被塞得愈来愈沉的行囊压得愈来愈瘦弱的我直喘不过气。于是，我就开始慢慢不得已地扔掉行囊里的东西。从最不需要的东西开始扔，走一段，就要扔一些，渐渐地，有些不舍得的东西也得扔了，一点点心痛地放弃，最后竟然也不觉得痛了。只是最后，背上的行囊依然空空如斯。

车子"吱呀"一声停住了，我回过神来，原来是到终点站了。空荡荡的车厢只剩下我一个人。该下车了，我对自己说。就在下车的瞬间，我从车前的反光镜里，看到了自己的模样，我竟成了一个白发苍苍的老妪了。顿时，我惊愕不已！

我下了车，眼前是一个破旧的静谧的小村庄，熟悉的面容已显得沧桑了，物是人非了。只听见几声长长的"哞哞——"声传来，是儿时的小黄牛在迎接我的归来吗？几个孩子说笑着从我身边走过，只是无人笑问我从何处来了。或许，村子早已删除了关于我的全部记忆，而我，所有的记忆都是与这村子有关的。我抬眼望去，熟悉的破败不堪的小屋已在眼前。我颤巍巍地从怀里掏出那把摩挲得发亮且带着体温的钥匙，打开那把锈迹斑斑的铁锁，"哐当——"一声响，锁开了，那些封存的儿时的欢乐与美好，一股脑儿地全扑进我的怀里。顿时，我泪眼婆娑。

久违了！我的乡村！

傍晚时分，夕阳的余晖给东屋的墙壁上涂上了一层金黄，院子升起一缕袅袅的炊烟。母亲喊着孩子乳名的呼唤声，父亲拿着棍子赶着猪牛羊进圈的吆喝声，在村子的上空又此起彼伏地飘荡了起来。此刻，我坐在灶火前，看着灶膛里燃烧着的噼里啪啦的柴火升腾起的明晃晃的火焰，烟气和热浪钻入我的喉管，我被烘熏得剧烈地咳嗽起来，我赶紧后仰身子,用手背擦掉呛出眼角的泪水,我怕温暖的我被融进这熊熊的火里!

客居在城市里的泥土

清晨如往常一样平静。缕缕阳光挤进窗棂，几只麻雀啾啾地唱歌。

想起昨夜的狂风暴雨，我还心有余悸。睡梦中，突然被几声轰隆的雷声惊醒，几道白亮的闪电把黑夜撕开几绺，一声声雷鸣歇斯底里地响了起来，接着，哗哗的雨夹杂着冰雹如箭般直砸下来。我屏住呼吸，满怀恐惧。

早晨起来，大街上，小巷里，店铺前，满都是泥巴和污水，满都是落叶和垃圾，一片狼藉，暴风雨过后的小城惨不忍睹。让人惊讶的是大街旁两棵碗口粗的杨树被吹折了腰，下水道厚厚的水泥盖子，也不知怎么被水流冲到了十几米远的角落。街上积满了深深的能漫过脚踝的淤泥。有的路段，污泥垃圾被人们铲倒在街道两旁，堆积成小山一样的淤泥堆,一个连着一个。几家店铺的店主,拿起了水龙头正在冲洗路面。来来往往的车辆小心翼翼地前行着,三三两两的行人踮起脚尖慢慢地走着。一切让人不可思议,昨天还干干净净的街道,一夜狂风暴雨之后,竟然有这么多的泥土!看看周围幢幢高楼大厦,到处是水泥柏油路面,这些泥土一夜之间从何而来?

我生活在这个小城以来,还是第一次见到这样的情景,这些无根之土!

虽然小城一片狼藉,但空气里弥漫着暑期里难得的清新的味道,还有那久违的泥土气息。在街道的拐角处,竟然有几个孩子在饶有兴趣地玩着泥巴。看着孩子们专注的神情,儿时的情景又历历浮现在眼前。

乡村,就是生长在土地上的庄稼;土地,因有了这些村庄而生生不息。在乡村,孩子们最亲近的就是土了,总是变着花样玩。尤其是雨后,玩泥巴更为方便。叫上四五个伙伴,找个水泥地面的地方,搓起一摊泥巴,和起泥来。模仿着大人和面的情景,拿个木棍当擀面杖,一会儿擀一会儿捏,随心所欲,捏出各种的动物和人形,比一比,看谁捏得像,伙伴们争来吵去,半天没有个结论。过个一天半晌的,捏出的泥巴就会阴干,我们就把它当作宝贝收藏了起来。我们都知道,捏出的泥巴是万万不能在太阳底下曝晒的,否则会裂出许多缝纹。

而现在,我的孩子从小生活在城里,住在水泥楼房里,更远离了泥土。小时候,我特意把他带到田野里玩土。如今孩子长大了,偶尔去田野里,也还是心存芥蒂的,怕田地里许多不知名的虫子,嫌村子太脏,埋怨村子的路怎么都不铺成水泥路。面对这些,我只有无语。乡村对他们来说,几乎就是另一个完全陌生的世界。孩子早已习惯走在干净的柏油大街上,习惯于手工课上那五颜六色的陶泥了,灰黄的泥土对于他们来说，未免单调了些。看来，儿时单纯的欢乐和温暖的记忆，只能属于一个与乡村有着牵绊的人了。离开村子几十年来，我的话语里，抹不掉的依然是那浓浓的乡音乡调。若是在小城听到几句乡音，年已不惑的我有时还如孩子般激动。孩子与我，我不知该为谁感到庆幸，为谁感到悲哀。记得有一位作家说过，有过乡村生活记忆的人，他的灵魂始终应该是温暖的。我释然，十几年的乡村生活于我的灵魂来说是最大的福祉。

城里的泥土是越来越少了，仅存的恐怕只有阳台上的花盆里，那些经过花匠调制过的泥土了。城里的人们对于泥土的情感越来越淡了，从农村来的我身上的泥土味也越来越淡了。不知从何时开始，暂时栖居在水泥箱子里的我，渐远了乡村，也渐忘了泥土的色彩与味道。

而就在这个狂风暴雨之夜，狂风挟裹着泥土浩浩荡荡地来到了小城，仿若当年生在长在乡村土地上的儿女们一拨又一拨地朝城里拥去。如今，空空的乡村，荒废的土地每天眼巴巴地望着他们走向城市的方向，期盼着。泥土或许是太想念来到城里的儿女们，趁着狂风暴雨之夜来到了小城。也许来得太突然了，让小城的人有点措手不及。好比远在乡村的父母，突然有一天，穿着粗布衣衫，提着装满乡土特产的竹篮，迫不得已地以这种方式突然出现在久居城里的儿女面前。

匆匆而至的泥土，粘在人们的衣服上、鞋帮上、裤脚旁，他们就心满意足了，只要能嗅一嗅久别的熟悉的气息，听一听已经有些变调的城市话里夹杂的乡音韵脚，看看儿女们脸庞洋溢着幸福的笑容，他们也就不枉来小城一趟了，虽然心底埋藏着一丝隐隐的失落。泥土知道，他们只不过是这个城市的匆匆过客而已。他们会在人们惊愕的片刻，随风而去，或者随着水流流进下水道。不管他们以何种方式离开城市，最终都是殊途同归，继续坚守在某个乡村的角落。

街道两旁一堆堆铲起来的泥土,好似一个个土馒头一样。黑黑的柏油路被泥土染得灰黄,车辆飞过,空气里弥漫着飞扬的灰尘。每一个小城里的人,都嗅到了泥土的味道,然而,每个人嗅到的味道又有所不同。小城里最忙碌的就是那些清洁工了,铲子,铁锹,架子车一起上阵,泥土就这样一锹一锹地被送上垃圾车,又一车一车地被拉到垃圾中转站,然后又被倒在城外的某个角落。泥土让小城有点手忙脚乱了,仅仅逗留在小城里的几天,虽然有些歉意。在小城里,多少人会因泥土而唤醒那消逝的温暖记忆?

每天忙碌穿梭于这个水泥石林的城市里,差不多已经渐行渐忘于乡村,渐行渐忘于泥土的气息了。但这并不等于自己从此在这个小城里扎根生长了。农村土生土长的我,仅仅十几年的都市生活是改变不了我身上固有的"土气"的。而从小就生活在这个小城的人,他们举手投足间透露出的气息才属于这个小城。所以,我于这个城市来说,注定只是一场无目的的漂泊,注定只是一个匆匆的过客。就如这匆匆而至而又匆匆而去的泥土。

在城里,偶尔,当孩子吵着要玩泥巴的时候,我才会突然间想起,哦,泥土。为了孩子,我驱车到市郊,挖上一袋子土,回家与孩子一起捏泥巴,重温着儿时的梦想。也许,就在此刻,那些关于泥土的醇香记忆,就会渐渐从心灵深处复苏,潮湿心头的柔软……

在这小城里,茫茫人海,我只不过是其中一粒尘埃而已,随风四处飘落,只为了苟活在这个城市的一隅,奔来跑去,只为一口之食,一身之栖,为了儿女,为了前途。大多时候无法主宰自己的命运,我企图扎根于这水泥浇筑的城市,而最终当生命走到终点的时候,真正能安顿漂泊已久的疲惫灵魂的,只有那久违的泥土。城市里那一点点的尘土太薄了,它充斥着太多皮鞋的味道,还有各种霓虹灯迷离的光芒,各种卡拉OK和汽车的聒噪,它怎么安抚得了我疲惫的心灵!

一夜无眠。第二天一早我便驱车回到了生我养我的村子,虽然老院子已经人去房空,虽然木门的铁锁上锈迹斑斑,但老宅的一草一木,一砖一瓦,一把把泥土,都仿佛慈祥着面容,微笑着亲切地呼喊着我的乳名,与我寒暄。这一切,都让我无地自容,羞愧难当。

不管时光老去多少年,在某个黄昏的村口,总有一声苍老温暖的呼唤,总有一双期待已久的慈祥眼神,在我的灵魂里定格!她是那样的惊心动魄!

这些无根之土,让我灵魂深处渐被遗忘的记忆顿然鲜活,它使我懂得了回首的意义。

落在他乡的草籽

草籽的命，或许就是这样，一个字，贱。它比不上那些珍奇的花卉草木，可以选择适宜的土壤与温度来生存。

每年秋季，都会有大把大把的草籽，随风成群结队地漂泊着，漫无目的地。它们或随即落在脚下的那片土地里，或被风吹到山崖上，石缝间，小河边。不管怎样，它们都随遇而安，毫无怨言，扎根土地，生根发芽。即使一不小心被吹到人家屋顶的瓦砾间，来年春上，它也定会长出一抹绿色，向春天宣告着自己的存在。

小时候，村子里，许多老宅的屋顶常见到这样的绿色，见得最多的就是猪芽条了。青白色的条秆，簇拥在一起，攒成形似石莲的一种植物。这种植物往往不是长在房顶就是墙头。或许是生命力顽强的缘故，也可能是天生就向往在高处显显风头的原因吧。常听人说,猪芽条青白的茎秆是可以吃的,甜丝丝的。我便常常攀着长梯,偷偷爬上房顶,小心翼翼地摘上几把下来,塞到嘴里,没嚼两下,一股淡淡的酸甜味之后,就只剩下满嘴的涩味了,然后"呸呸"地吐了出来。

有时,屋顶还长有一些狗尾巴草,我常仰起脖子,看着那几簇狗尾巴草随风飘摇着。我总纳闷,明明在地上长得好好的,为啥非要跑这么高,稀罕瓦砾间那一点儿土呢?不会是风儿和它们开玩笑给刮到高处了吧,还是不听话的鸟儿给故意啄到房顶的呢?想想它们极俗的名字,想想村子里那些叫狗蛋牛娃贱名的人,会不会和他们一般易活易养?

前年冬天,回到故乡,我见到大姑姐老宅子的屋顶也长了许多猪芽条。一种久违的亲切,冬季的寒霜早已把猪芽条风干成一簇簇灰黑的雕花,仿佛是瓦砾上故意缀着的一朵朵饰花。都市的水泥房顶不知会不会长出这样的猪芽条?

这些年,回家见到大姑姐的次数是越来越少了。离我们只有几里地远的大姑姐,常年在外打工,也很少在家的。只有逢年过节的时候,大家才可以见上一面。我们这里,把老公的姐姐都称作大姑姐。我有三个大姑姐,她们都是本分善良的农民,守着自己脚下巴掌大的一块土地,一年又一年地过着日子。

我的大姐年长小叔十八九岁,应该叫老大姐了。大姐有一副硬朗的身板,爽朗豁达,热情善良,是村子里有名的能人。不管是田地里的耕收锄种,还是家里的裁剪针线,大姐样样都是能拿得起放得下。早年,老公公在外工作,大姐总是帮着婆婆在田里干活,犁地、拉架子车等这些男人才干的重活,大姐都干过。在家里,大姐几乎就相当于半个母亲,总是照顾着弟妹几个。后来，大姐嫁到只有二里远的邻村，农忙时节，总是不忘回来帮着干活。

大姐家里有几亩果园，前些年，她和姐夫整天侍弄着果树，施肥，剪枝，疏花，收获。一年下来能有几万元的收入，生活也过得有滋有味。一年又一年，大姐守着土地，勤劳的双手操劳着生活全部的希望。如果日子像这样下去的话，对于没有太多奢望的大姐来说，应该感到很幸福满足了。但好景不长，果价开始暴跌，果园也不景气，算下来，一年的收成还不如投资的多呢。守了半辈子土地的大姐，看着贫瘠的土地上那可怜巴巴的收入，眼看着儿子就要谈对象了，农村的彩礼如外面的物价一样，一天比一天高，大姐再也坐不住了，已将近五十的她，毅然背上行囊踏上了南去的列车，去广州给人家当保姆。都市的繁华，给大姐带来了更多的希望。就在这偌大的城市，她每天都辛勤地打捞着自己的希望。四五年间，她不知守着多少个白天黑夜，想着村子，念着家里。后来，不知什么原因，大姐还是离开了广州，又到上海去打工。再没两年，大姐干脆回来，在家乡的小城里摆起了夜市。儿子结婚要的房子票子，成了她心头沉甸甸的希望。在拥挤的闹市，大姐早出晚归地出摊，每天，仔细地算计着支出收入，把希望一点点地放大再放大。到了该享清福的年龄，她却不得已奔波在都市，有时，她无暇去回忆村子那段消闲的日子，也早已顾不上老宅院子里的荒草是如何疯长了。

二姐呢，应该是一个有福气的女人。二姐夫踏实肯干，是村子里的小工头，整天忙着外面，二姐则把庄稼也侍弄得井井有条。姊妹几个，就二姐的日子过得最宽裕了。但天降人祸，十几岁聪明的女儿，不小心失足摔伤，光手术就把二姐几年的积蓄花光了。祸又不单行，老实巴交的二姐夫又吃上了官司，被人家三天两头搅得过不成日子。万不得已，关门落锁，背井离乡，一家人去了郑州，全家四口人从此开始了漂泊生涯。勤恳的二姐夫在家政公司打工，二姐则在饭馆打工。一个和谐美满的家，不到两三年的工夫就成这个样子了。现在，听说二姐全家已开始计划在郑州买房子了。我不知，天价的商品房，他们不知得攒几个月的工资才能买到那么小小的一平方米。不知是曾经的村子给予他们太多伤感的记忆，还是他们也早已习惯了都市漂泊的生活，或者心中向往在这繁华的都市中争得一席之隅。这些，我都不想知道。我只记得，当初他们离开村子的时候，是怀着怎样的恋恋不舍。也许，当时他们一定在心里给自己说过，老宅子一定记得的，他们的誓言，以后他们定会回来的。而今，当年修盖一新的房子，时久无人居住，空荡荡的，显得有点破旧，就像落满灰尘的脸庞，没有一点表情和生气。

关于三姐的故事是有点太落入俗套了。三姐在家照顾孩子，打理着家里仅有的一亩田地。三姐夫在外面上班。后来，这点田地，已远远让人不敢对它抱有太多的奢望。为了让孩子在城区受到好的教育，三姐就决定卖掉老宅，在城里买一斗室，也开始了做一个准城市人的生活。如今，老宅子早已更名换姓地成为别人的了，与她没有任何关联了。故乡也很快会变成异乡的。她回到村子，村子里已没有她所要找的一切。村里满是生疏的面孔，像打量一个陌生人般地看着她。

这就是我的三个大姑姐，如漂泊的草籽一样，不知什么时候，被一阵风吹起，身不由己地被刮到什么地方。如今，在深秋的夜晚，她们各自在都市某个狭小的房间里，是在满足幸福地吃着晚餐，还是奔波在城里空旷的大街？是在小憩之余又思量着明天的打算，还是在疲惫之时想念着村子曾经的温暖？这些，我不愿去想。如潮的伤感袭上心头，突然间，一种沉重的压抑，我几乎要窒息一般。

曾经把生活的全部希冀都寄托于土地，曾把活着的幸福都寄存在村子，可村子，可土地，却给了她们一次次失望，甚至绝望。为了生活，他们不得已离开不曾舍弃从未离开过的土地，去繁华的都市寻找。想到她们经历的太多艰辛，我就心疼。即便如此艰辛，她们也不愿就此离开都市，回到土地。想到此，我身上陡然打了一个冷战。

有次，路过大姐家。那曾经充满温暖生气的村巷，如今，空荡荡的，没了家畜的吵闹，没了鸡狗的鸣叫，一阵凉风"呼呼"地穿过巷子，感觉就如一双空空的裤腿在风中无力地飘荡。大姐的院子里，也已荒草丛生，几只受惊吓的蟋蟀，猛然一跳，落在了窗棂边，怔怔地打量着我，然后"啾啾"地直叫了起来。房顶上，那一簇簇猪芽条和狗尾草在肆无忌惮地疯长着，在这萧瑟的深秋傍晚。

有时，生活往往不以人的意愿朝前继续。不知什么时候，我们都会遭遇突如其来的狂风袭击，然后，被风裹挟着，开始漫无目的地漂泊。谁也不知道，自己会被吹到什么地方落脚。即使遇到那么一丁点儿的泥土，也要试图随遇而安，顽强地活下去。想想自己，前些年来到这个小城，整日为了生计奔波，工作、房子、孩子等永无休止，漂泊在小城里，就如一粒草籽，渴望阳光，渴望发芽，渴望萌发一抹绿色。只要有那么一点点的土，就要扎根进去，顽强活着。草籽的命，就是如此的贱。正因为如此的贱，才能不择环境，不择季节，落地而生根。

夜晚，我突然想起我家的老宅。还有老宅屋顶上的那一簇簇猪芽条和狗尾巴草。这几年，父母虽然在我们执意要求下，住到了城里，但每隔半月十天的，父母不顾我们阻拦，总要找些"牵强"的理由，坐着公共汽车回家看看。每次回去，总要把屋子院子的角角落落，打扫得干干净净。我总埋怨他们，说家里不住人，还打扫什么呢。他们笑笑说，屋子没人住,就会老得快,和人一样的,等我们老了,还要回去住的。

而我,老了的时候,又将回归何处呢?

沙漏里的阳光

    很多年前,几声婴儿清脆的啼哭穿越晨曦中的第一缕灿烂,浸散在那清新鲜润的空气里,瞬间,喜悦便迅速地向大地弥漫。灵敏的触觉使这个新生儿感知到世界的陌生与温暖,之后,她便欣喜地把右手的大拇指伸进嘴里,津津有味地吮吸起来。虽然此刻,她还不懂得人类所造"惬意"这个词的含义。

    春日正好,万物萌发,燕忙莺啼,大概是造化的恩赐吧,这样诗意的季节就孕育了这样一个清丽感性的她。

    感谢生命,多年以后,这个女孩便成了如今的我。

    儿时的记忆总被涂上一层朦胧的灰黄,似梦非梦,在时间的轨道中若隐若现,挥之不去。在我心灵深处,时时都会传来一种呼唤,我知道,那是遥远的儿时在记忆里频频回眸。

那时候没有幼儿园。于是,故乡广阔的田野,黄土高原上纵横的沟壑便成了我的乐园。每当第一朵迎春花绽开笑容时,我和伙伴们便迫不及待地在漫山遍野的每一寸肌肤上印上自己的小脚印,把灵巧小手编织的缤纷花环戴在头上,仿佛成了童话中的美丽公主。无垠的草地隐隐露出似隐似现的绿,这绿儿也调皮,故意和我们捉着迷藏,远望可以清晰地看到,一旦走近,它却像害了羞似的躲了起来。过些时日,我们便会相约去挖野菜。提着篮子,拿着小铲,哼着童谣,田垄边,小溪旁,沟沿边,都留下了我们寻觅的足迹。渐渐的,篮子充实起来,有面条菜、白毫、人汉菜、篓篓荠等等。挖累了,干脆就躺在草地上望着晴空上飘逸的云朵,思绪也仿佛插上了翅膀。嘴巴也是闲不住的,嚼着从溪边挖来的甘草根,清甜的汁液渗入味蕾,流经喉咙漫至心田,酝酿着无边的满足与快乐。此刻,时间的空气里也到处弥漫着一种单纯而幸福的味道。

当第一个知了扯开喉咙开始放歌时,也预示着我们的节目愈将丰富多彩起来。你看,一个个小伙伴提着篮子,拿个长长的竹竿,竹竿的一端用铁丝弯个圆圈,然后给圆圈上套上一个塑料袋子,这就是我们的捕蝉工具了。大热天的中午,我们跑进林子里,听着蝉儿的鸣叫声,刚开始是独唱,后来渐渐声部就多了。我们侧着耳朵倾听着,辨认着,看哪边的声音响亮,便悄悄走过去,探着小脑袋寻找那知了的藏匿之处,找准时机下手,一准逮个正着。差不多了,然后就围成一圈开始显摆,看谁逮的知了叫声响亮。几个小嘴巴在一起嚷嚷着,你争我吵,最后的结果也只能是哪个小嘴都说服不了另一个小嘴,没个最终裁判。扫兴之余,不知谁又出主意,说咱们去打酸枣,个大有力的在沟壑上边敲打,个小的在沟下边一个一个地捡拾,边捡边把又红又大的酸枣往嘴里塞,酸溜溜的，很过瘾的。有时，也忍不住地龇牙咧嘴起来，"秘密"在瞬间全露了馅儿。之后，仍然是乐此不疲。有时，偶尔也干些调皮捣蛋的事儿，到东家地里拽个香瓜解馋，到西家园里摘个苹果尝尝，只管溺坏了嘴巴和肚子。半夜的时候，准提着裤子要去茅厕，待上半天，腿都酸麻，也不放心出来。但这样的教训是从来不上心的，第二天，伙伴一叫，就又出去撒欢了。

后来，上小学了，性子也收敛了许多，野丫头也渐渐文静起来。学习上的事从来都是捎带着的。让我费尽心思的，除了偶尔去放放性子外，就是如何能借到更多好看的"书"来看看。所谓的"书"，也不过是黑白色彩素描的小人书而已。就是这，那时对我来说却是渴慕已久，什么《铁道游击队》《地道战》《王二小》等，还有聊斋故事，都是这个时候，通过这单纯的方式闯进我的心灵，不经意间打上了深深的烙印。有时，为了得到一本好"书"，就拿好吃的去和别人换。看了之后，把故事讲给别人，有时也能换来本"书"看，心中的那份得意自不必说。那时，家里没有电视，书也因此成了儿时记忆深处最强烈的渴望。

再后来，上中学，考大学，当老师，成家庭，养孩子，买房子……这一道道坎就如一部长长的电视连续剧，一集挨着一集，上集完了，就身不由己地被惯性卷入下一集，剧情发展着，心情变幻着。欢喜也好，艰辛也罢，再回眸往事，只觉恍然如梦一场。长叹之余，对生命只有无尽的珍惜与感激。

我知道，沙漏依然在不停地流动着。我祈愿沙漏在时间的旅程中能留下那么一缕缕阳光的足迹与味道。

就这样，我就如一个对时间无尽痴迷的孩子，在悉心细数着沙漏的每一粒沙，不管是光滑如玉的，还是粗糙如石的；不管是熠熠闪烁的，还是黯然无光的,我都会虔诚地珍藏。我清楚,只有它们才可以充实和滋养我们的记忆。

沙漏依然在从容地催促着时间的步子。

平凡的女子,所做的或许只能是,在平淡的时光里,用心地把每个日子都熨烫得妥妥帖帖,打扮得清清爽爽,让时光的脚步优雅而从容,最终成就生命中最光彩而耀目的华章,沉浸在流年的骨子里,来滋养着岁月青葱如画。

从黑夜出发

决定出行,但不是远行,相对于那些朋友来说,我是最远的。

我将从黑夜出发,别无选择。

夜色把小站包围得严严实实。旁边的几盏路灯投下昏黄的光影,恍惚迷离,几个还没有收摊的小贩慵懒地打着哈欠。小小的站台,稀稀拉拉的乘客,偶尔叫卖的吆喝一两声,便被突然刮来的一阵凉风吹散在夜色里。我不禁把衣服拉链朝上拉了拉。

小站孤寂地站着。而我的心里却没有一丝孤独。

对于小站,我是很熟悉的。记得小时,我去上学的路上都要经过一个像这样不太大的小站。有时,为了抄近路,看到别人穿越铁道,我也常跟着绕道翻越铁道。穿越的时候,心情是既兴奋又紧张,眼睛盯着脚下,两脚迅速轮换着步子踩在一截截枕木上，只怕落了空。每危险穿越一次，心底就会滋生一种莫名的兴奋，好像完成了一项什么了不起的成就。只是，这样的心跳没玩过几次，不知是弟弟因为报复告诉了父亲，还是不小心被谁碰见了，总之不知什么原因，父亲不再相信我"信誓旦旦"的保证，在我去上学的时候，总是远远地跟踪我，看我有没有再穿越铁道，此后，我就没敢再玩这样的游戏了，心里却一直在记恨着弟弟的"告密"和父亲的跟踪。很久后，我才明白了父亲。

但是，即便我如此循规蹈矩地走着大路，却也常常遭到拉货的黑皮火车司机的故意"袭击"。那些停站的拉货火车，司机闲着无聊，见我们一群孩子路过的时候，常常会出其不意"嗤——嗤——"地喷出几股白乎乎的蒸汽，喷得我们一身一头，惊慌失措地赶紧逃走，看着我们的窘样，那火车司机就得意地嘿嘿笑了起来。以后，当我遭遇狼狈不堪时，总会想起火车司机故意捉弄的情景，只是，此时的我，笑笑了之，不会再像儿时那样惊慌了。

然而，这样的狼狈情景依然挡不住我对绿皮车厢的向往。绿皮车厢一节一节的，趴在地上，像一条蠕动的蜈蚣一样威武。这是我第一次见到火车时的感受。看着火车上的人，嗑着瓜子，欣赏着窗外的风景，我想，这一定是世界上最惬意的事情了。于是，我就期盼着有一天也能坐上绿皮火车，常常傻傻地立在站台上，望着熙熙攘攘南来北往的乘客，不论他们是怎样的表情，在我的眼里，都通通被贴上了一个叫作幸福的标签。甚至我常常想，好好念书，快快长大，考上大学就可以坐上火车了。

上了大学，我坐火车的愿望也得以实现了。不知是因为坐火车对于我来说已经是习以为常的事情，还是因为时间的久远，坐火车却没了最初的幸福味道。现在,我常常坐着高铁外出,好长时间没有到过小站了。比起高铁站,小站始终让人感到一种亲切。

夜气依然让人觉得有些冷,站台上昏黄的灯光倒让人觉得有几许温暖。我试图趁着夜色打量小站的神情,但一切都是徒劳的。因为小站没有任何表情,留恋或者悲伤,抑或喜悦与期盼。小站就这么毫无表情地站着,如此刻的我,在人生的驿站一等就是三十多年,远逝的童年、蹉跎的青年、如今的中年都在恍惚中一闪而去。小站见惯了太多的生死离别与悲喜重逢,听惯了太多的风花雪月与奇闻轶事,再没有什么能够让它一如当年初见生死离别时的大悲大喜了。想想,人生亦不过如此。

也许小站就知道,无论多少次,从这里出发远行的人,不论行程的远近和时间的久远,终有一天,他们都会一如既往地回到这里的。我恍然明白了小站的毫无表情,是一种看惯沧桑的淡然从容。

就在我刚刚明白的那一刻,疾驰而来的火车不由分说地一下子就把我吞进了黑乎乎的车厢,载着我驶向夜的更深处。

"咔嚓——咔嚓——"的节奏声,时而急促,时而舒缓,如一个长跑运动员"呼哧呼哧——"地喘着大气。我侧耳倾听着,根据声音的急缓来判断火车是走在平路上还是上坡或者拐弯了,但不一会儿,耳际的声音忽然像听到了什么命令似的,好长时间一致的音调与节奏,竟然让耳朵什么也分辨不出了。人往往就是这样,当对某种事物习惯之后,自然就会产生一定的审美疲劳。然而,这种审美疲劳却常常会欺骗我们的感觉,隐匿事物的真相。

映在车窗上的光影迅疾地切换着,变幻成各种光怪陆离的狰狞的魅影,瞬间又像变戏法似的,车窗又恢复成黑乎乎的一片,如一口深远的井,仿佛要把车厢内的黑也全都吸进去。

看看对面的上下铺，都睡得正香，我有了几分嫉妒。就在我正要躺下休息的时候，对面卧铺上的那个人突然翻起身，问了句，你是刚上来吧？现在几点了？我吓了一跳，顺着声音趁着微光看去，只看见她说话时咧开嘴露出两排白白的牙齿，高高的颧骨也在夜色中黝黝地发亮，她穿着一件绣花斜襟的襄袖衣袍，不会是从西藏来的吧？想起这趟列车是从兰州开往汉口，我对自己的猜想更多了几分肯定。您是西藏过来的吧？她点了点头，没有做声，亮亮的眼睛盛满了笑意，忽闪忽闪的，好像开在无边草原上随风摇曳的两朵小花。想起藏民对于宗教的那份虔诚，我不由地仔细端详起她的睡态，安详而沉静。不一会儿，她微微的鼾声传来，很有节奏的，散发着梦的香甜。

列车依然晃晃悠悠地行进着，偌大的车厢一片沉寂。夜也沉沉地睡着，外面更黑了。列车驶出黑暗，又驶入黑暗，在无尽的夜色中疾驰向目的地，而我，从黑夜中出发，又奔向何处？我如一个对前途未卜的孩子，不知所措。列车如今行驶在哪里，正朝着哪个方向，这一切都无从知道。我迷失在这无边的黑夜里。

躺在卧铺上，随着列车的晃动，整个身体也被微微地摇动，如摇篮般的轻柔，我整个身心感到莫名的舒展，像是跌入了无边的大海，微波荡漾，温柔的海水轻抚着我。我沉醉着，不知过了多久，一点儿一点儿地，一点儿一点儿地陷入，我不想挣扎，也无力挣扎，就甘愿任由身心被海水包围，沉溺，最后窒息。

列车把一个个小站甩到身后，又驶向了夜的更深处，而夜却无限制地向远处延伸。我也跟着狂奔着，向着远方。我不知这是一种行走的惯性，还是一种自觉的前行。我已无从知晓。

"一会儿就要到站了，整整自己的物品，做好下车准备吧。"凌晨四点多,列车员推醒了我,我陡然从梦中惊醒。"外面冷,洗把脸吧,免得感冒。"听到这句温馨的提示,我的心里涌起一阵莫名的感动。下车前,我看了看对面卧铺上熟睡中的女人,算是告别吧。

迷迷糊糊中,列车扔下了我,在这我连东西南北都分不清的陌生小站。夜更黑了,更冷了,几个乘客都陆续出了站台,他们到站了,不,是到家了。而我,这个旅途中陌生的过客,还要挨到天明,等候着转乘另一辆车,继续前行。

候车室里,我接了杯开水取暖。随着一趟趟列车的进站、离开,候车室忽而拥挤,忽而空空如也,就如一个时圆时瘪的气球。而我,或许就是残留在气球最底部的那一小撮空气了。

从黑夜出发,一个人旅行,坐着绿皮客车,我如贴着的幸福标签,含义却不再纯粹。

听　秋

　　总以为秋天,是个适宜用耳朵听的季节。

　　也总喜欢在秋天里,叫醒沉睡的耳朵,来听听秋。

　　雨,总是和秋日有着很深的缘分。雨,也总是被人涂抹上一层厚厚的浓愁,驱之不散,挥之不去。秋雨,尤为如此。绵绵的秋雨犹如一坛酽酽的米酒,善感的人只须走近,轻闻一下,无须小抿,那浓浓的愁绪就会如蚕丝缕缕扯出,袅袅余余。

　　在静寂的深夜,最宜听雨。你想,只须依窗而坐,轻抿着清茶,偶尔,几点雨滴似乎不经意地敲落在窗棂上,瞬间飞散,消弭于雨雾中,不见踪影。心儿也倏忽一震,为那雨滴撞击玻璃的清脆。忍不住轻启窗子,那潮湿的雨气透过窗棂迎面扑来,让人躲避不及。那寂静的夜气与漫天的雨气彼此柔柔地濡湿,浸润,发酵,酝酿成一杯绵长而浓烈的老酒,沉醉不得,又清醒不能。恍惚间,思绪仿佛在时空的某个时间某个地点定格,一个叫柳永的诗人,站在长亭外,惆怅地吟出"今宵酒醒何处,杨柳岸晓风残月"的诗句。这时候雨就在柳永的细腻、缠绵与清婉中鲜活起来,也在我浅浅的忧伤中诗意起来。

秋日里,最不能遗忘的恐怕就是知了的叫声了,在秋高气爽的午后,睡意还未全消,那阵阵参差不齐的合唱此起彼伏,随之向天空飞扬,在云端停驻片刻,倏忽又跌落下来。细听,少了夏日几许的聒噪,多了几分从容的坦然。是的啊,生命的最后日子里,没有理由轻言虚度,没有理由不尽情歌唱,不去绽放这生命中的美丽。

有空的话,也不要忘记到田地里去走走,傍晚,或者清晨,只须携一份平静的心情,去亲近那久违的田垄。听听沉甸甸的玉谷苞在秆上欣喜的喘息声,听听金黄的豆子耐不住寂寞,迫不及待地噼里啪啦地跳将出来,听听笔直的芝麻秆上"砰砰"的拔节声,听听长长的豆角像变魔术似的拔长个子后的惬意偷笑……此刻,心里只有些许欣慰。

秋收后的田野,胸怀更显得空旷,容颜更显得沧桑,或者苍凉也罢。那黄绿斑驳的玉谷叶子,在浸着凉意的秋风中左右摇摆,沙沙作响,没有一丝告别的悲伤,有的只是从容的挥手,沉静的微笑。那刚刚收割后的芝麻地里,一截截露出地面的短短的芝麻茬,还深扎在这坚硬的黄土地上,那稍稍发白发干的茎秆截面,还隐约渗出点点晶莹的汁水,不会是听到芝麻粒儿跳出荚角后喜悦的泪水吧。

最喜欢坐在繁星满天的夜幕下,仰望天际,听点点星星在窃窃私语地交流着彼此的秘密。此时,热闹夜市上聒噪的卡拉 OK 早已画上了休止符。人们也渐次进入了梦乡,各种关于奇幻的梦的故事正在有条不紊地悄悄上演。一切都沉寂着，偶尔，传来几声"唧唧"的声音，或许是蟋蟀或者蛐蛐在梦中的呓语吧，仿佛就如几滴清净的水滴突然从高空滴砸在明净的玻璃上，顿时，静寂的夜幕如沉静的一面湖水，瞬间荡起圈圈涟漪，散漫开去，直浸入夜的骨肌。

每一朵花，每一株小草，每一片落叶，每一滴露珠，都是一种语言，但这种语言只有心灵纯净且充满挚爱的人才能听懂。也许，美就藏在我们疲惫的心灵之外，远在天涯而又近在咫尺。去听吧，潺潺的流水和鸟儿的啼鸣，犹如滴水崖中流泻出的清澈和美丽，点点滴滴，会经久不息地在我们耳畔喧响。

凉爽的夜里，躺在床上，当给自己一天的思绪画上句号的时候，或许有个声音会惊醒你疲惫的神经，那不紧不慢的"咚咚"的心跳声正清晰地响彻耳际。莫名的感动涌上心头，没有理由的。生命的感觉此刻是如此强烈，生命的脚步从未如此从容！

秋天了，叫醒自己的耳朵吧，用心倾听吧，你会发现，在秋的行囊中，满载的都是单纯的快乐与纯粹的幸福，不是吗？

失语者

我张了张嘴，却发不出一个音节来。

舌头依然柔软，唇肌依然灵活。我不知什么时候成了这样，也不知从何时开始渐已习惯了这样。几乎失语的状态，或许是在某次刻骨铭心的阵痛之后，也或许是在我邂逅了一个真实的自己，恍然顿悟的一刹那。

行走在熙攘的人潮之中，耳际充斥着这样那样的声音：温柔的关怀，激烈的争论，虚伪的奉承，平淡的问候……我没有善辨的聪耳，在这纷扰之中，注定是要暂时迷失的。

多少年前，我就如一枚青涩的果子，浑身散发着成长的渴望与激情。殊不知，生活有时就如一架永不停息运转的机器，可以磨平任何的棱角。平淡如水的生活有时就如一片看不到边际的海洋，它足以湮没人的一切意志。渐渐地，我变得理所当然起来，当初对生活的殷殷追求也随之渐息渐静。也许，只有摔碰多了，身上的痛楚叠加多了，取而代之的，就是一种叫作成熟的东西。或许，成熟的熟，不过是用一层坚硬的壳包裹住青涩的果肉，一天天地包裹，直至发黄发透，里面不再有一丝的涩味之后，才肯罢休，才是真正的熟了。我不知道，成熟是一种幸运，还是一种悲哀？

本来木讷的我就少言语，如此，话就更少了。比如在别人都去奉承或者赞美某一个人的衣着或其他方面的时候，我常常保持着缄默。如若事实并非别人说的那样，我张口，要么随众尽赞美之词；要么，直言尽不足之处。而前者，非我所愿，后者，岂不是故意减少别人的快乐？无语最好，无语罢了！

生活有时残酷而温柔，它把你仅有的一点点希望会毫不留情地揉碎，然后，又在不远处设立一座梦想之楼，让你的欲望又一点点地复燃。于是，就这样，人就在一次次海市蜃楼般的失望中迷茫地希冀着。直到最后才明白，原来时光成了其中最大的预谋者。

前段时间，我在一次会议上无意间从主席台上的领导席位上发现了一个名字，一个熟悉的名字，应该是二十几年前那个熟悉的名字。二十年前，身为教师的他温文尔雅，我总喜欢沉浸在他那如沐春风的课堂。而眼前，发福的他，身躯显得更矮些，略显苍老的面容，早已找不出一点儿当年的棱角痕迹了，融入了更多官腔官调的讲话已完全辨别不出当年的声音了。我努力找寻着，试图找到那么一丝痕迹来，然而最后只能是徒劳而已。整个下午，我陷入了一种莫名的伤感之中。恍惚间，我仿佛第一次真正明白"时光如梭"的残酷要义。而今的我，也亦非昨日的我了。所有的语言在时间面前都是那样的苍白无力。瞬间，我感到了一种痛楚的绝望，是那么的清晰尖锐。无奈而忧伤，想要质问什么，张开嘴，竟然发不出任何声音来。沉默，只有沉默，才是最好的面对。

就这样，我站在时间的岸边，久久伫立，看时光飞逝，区区人生也不过是昙花一现的瞬间而已。古人对此感叹的还少吗？当年孔子站在河岸上看着浩浩荡荡的河水不免发出感叹："逝者如斯夫，不舍昼夜！"孔子仰观天文，想到日月运行，昼夜更始，便是往一日即去一日，俯察地理，想到花开木落，四时变迁，便是往一年即去一年。天地如此，生在天地间的人，亦不例外。古希腊哲人也说："濯足急流，抽足再入，已非前水。"而今，我又能感叹些什么呢？

鲁迅曾说过："当我沉默的时候，我觉得很充实；当我开口的时候，就感到了空虚。"沉默，不是一种故作高深，它是对人生的一种智慧思考。沉默，至少不去随波逐流口是心非地赞美别人，至少还敢于直面真实的自己，至少能自始至终坚守着一点儿什么。无语，也并非真的无语，当太多的东西想要表达的时候，当周遭一片喧嚣聒噪的时候，渐已习惯的只能是干脆把最真实的囿于属于自己的真空地带，不再去表达了。

耳际的聒噪渐行渐远，面对自己，我依然发不出一个音节。深夜中，我常常与自己这样静坐，无语相对。夜愈深，耳际愈来愈清晰的是，惊鸟的一声清啼，或是夜虫一段寂寞的咏叹，抑或是窗外一片落叶优雅的谢幕……我与自己静坐着，沉浸于这真实的表达之中。虽未语一言，我却仿若进行了一场精彩的对话！

喜欢佛的微笑。神秘而淡定。佛静坐如莲，笑而不语。我想，佛如此淡然，莫非缘于看惯了天下芸芸众生摆渡的人生百态，莫非参透了俗世的所有繁华与沧桑变化。所以，佛微笑着，一直。

佛知道，人生的玄机，或许有时就在于一说即破。

母亲的眼泪(代跋)

《秦淮水骨》即将出版。掩卷深思,最多的是感动。在文学的路上,太多师长、文友都给予了我莫大的鼓励与帮助。尤其是著名评论家、茅奖、鲁奖评委、中国作协全委会委员、河南省文学院院长何弘老师,在百忙中能为本书作序。在此,我满怀感恩之情,诚挚地向所有关心我的师长、文友道一声:谢谢,谢谢!

我更要感谢我的母亲,一个只上过小学的农村妇女,对我的写作却有着不同寻常的理解与支持。

那年暑假,母亲从老家到我家小住。同往常一样,母亲依然不辞辛苦地提着大包小包来了。那大包小包里,有为女儿和孙子准备的好吃的,还有自家地里收的绿豆、玉米糁子、花椒等。母亲知道我喜欢吃家里蒸的酵子馒头，每次来总要提一大袋，让我过过瘾。她知道我平时上班时间紧，连做饭的工夫也没有。母亲便特意烙了许多胡萝卜饼，并切成细丝，吃的时候或煮或炒，方便实惠。那一大包胡萝卜饼够我们吃上十天半月了。

面对这些大包小包，我一包一包地解开，母亲在旁边不时地嘱咐，那绿豆怎么放着才不会出虫，胡萝卜饼炒的时候怎样炒才可口好吃，我则在一边随口答应一边收拾。此时的我，不再像以前那样埋怨母亲这"费心"那"多余"。我一一按照她的吩咐收拾好后，母亲才欣慰、放心地坐下来。

每次母亲来我家，总是一刻也不肯闲住，不是扫扫拖拖，就是洗洗整整，还抽空给我们做上几顿好吃的。我下班回到家，吃完饭，母亲甚至连碗都不让我洗，说我上课累人，有空就多歇会儿。我怎么能歇着，便陪着母亲边干边聊。就像小时候，母亲忙碌在厨房的时候，我总是跟在母亲身后，时不时母亲会奖赏我一点儿什么好吃的。而现在，只是想和母亲说说话，听听母亲的唠叨，只是静静地听着。那些唠叨里有她的辛酸与欣慰，更多的则是幸福与感叹。我从不会埋怨母亲的啰唆与琐碎。对我来说，能听着母亲的唠叨就是一种幸福。

当母亲看到我整理的第一部厚厚的书稿时候，惊异地说道："这么厚！得多少字啊？写出来那得多长时间？就你那身体怎么吃得消？"

看着母亲心疼的样子，我的心润润的。

母亲小时候条件不好，仅上完了小学，但这么多年了，一般的文章她还是能看懂的，只是眼睛不如以前好使了。母亲一看到我的书名和目录，就欣喜地对我说："女儿，别担心，你给书和文章起的名字好听，肯定有人喜欢看的！"

我默默地微笑着,细细品味这份莫大的鼓励与支持。

中午午休时,母亲说她不瞌睡,我和母亲唠了几句,便睡着了。不知什么时候,蒙眬中,我隐约听到一阵轻微的啜泣声,悄悄转过身来,才恍然明白。原来是母亲正在翻看我的书稿。母亲背对着我,借着窗外的光线在认真地看着,时不时用手指抹抹眼角。看到这一幕,我的心里顿时涌起股股热流,奔涌至全身!

母亲,我知道,从书稿中,您看到了女儿的成长与磨练,女儿的文字也许勾起了您辛酸的往事,或女儿的生活令您动情……

那一刻,我装着睡着没有醒来,沉溺在这如潮的感动中,长久地幸福着!

下午,我从外边回到家时,母亲坐在沙发上,手里依然拿着那本书稿,专注地看着,眼睛肿肿的。不懂事的儿子问她:"奶奶,你的眼睛怎么了?"

此时的母亲孩子似的不好意思地笑起来:"奶奶刚才是看你妈妈的文章,忍不住哭了。"

要回老家了,母亲不止一次地叮嘱我:"我回家的时候,千万别忘了把你的那本书稿给我带回家,回去给你爸也看看,省得他闲着没事……"

母亲是想让父亲一起来分享女儿的快乐与幸福啊。能拥有母亲的爱与理解,此生无憾矣。

那部书稿于2009年得以出版,转眼已经过去了五年。如今,我有了第二部作品集。我没有再把书稿拿给母亲看。我想,她一定会为我欣喜。

德国作家托马斯·曼在一部作品完稿之后说:"终于完成了,它可能不好,但是完成了,只要能完成,它也就是好的。"

母亲，等第二部作品集出版了，女儿一定把散发着墨香的新书送给您和父亲。

这一刻，我仿佛看到了母亲脸上绽放的笑容——笑容里，注定溢满了幸福。

2014 年 10 月 9 日 于灵宝